Die Frau in der Kamera

Über das Buch

Dreizehn bizarre Geschichten, aufgeteilt in drei Abschnitte, enthält der Band *Die Frau in der Kamera*. Die Storys des ersten Teils, »Verfluchter Alltag«, erzählen realistische Begebenheiten. Da treffen sich zum Beispiel zwei alte Freunde wieder. Der eine hat sich beruflich etabliert, der andere hängt seinen Jugendträumen nach. In Erinnerungen schwelgend fachsimpeln die beiden über ihre unterschiedlichen Musikgeschmäcker und begeben sich damit auf ein gefährliches Terrain.

Im zweiten Abschnitt »Hirngespinste« konfrontiert der Autor seine Protagonisten mit fantastischen Plots. In der Titelgeschichte macht sich Jonas Pfeifer mit einer alten Spiegelreflexkamera auf den Weg. Als er eine Frau fotografiert, passiert es: Die Person verschwindet wie im Zaubermärchen von der Bildfläche, und eine ungewöhnliche Liaison nimmt ihren Lauf.

»Aus der schönen neuen Welt« lautet das Motto des dritten Teils. Helge Wolf, dessen Frau verstorben ist, erhält einen Haushaltsroboter, der ihm unter die Arme greifen soll. Schon bald zeigt sich, dass der Android seinem Besitzer nicht nur haushälterisch, sondern auch in ethisch-moralischen Fragen haushoch überlegen ist.

Visuell in Szene gesetzt werden die Texte durch Aquarelle der Malerin Claudia Seibert. Sie vermeidet bewusst, die Geschichten realistisch zu illustrieren. Gegenständliche Elemente aus den Texten kombiniert sie mit abstrakten Formen und leuchtenden, in mehreren Schichten gestalteten Farbflächen. Die Bilder öffnen damit den Blick für Lesarten jenseits des Oberflächlichen.

Rudolf Gier, 1957, lebt als Autor, Videofilmer und Medienpädagoge in Münster. Er schreibt für Kinder und Erwachsene, veröffentlicht in Zeitschriften, Anthologien und im Rundfunk. 2016 erschien das Kinderbuch *Luis und das Abenteuer im Regenbogenland*.

Claudia Seibert, 1960, arbeitet als Künstlerin und Pädagogin. Neben großformatigen Bildern malt sie Aquarelle, zum Teil in seriellen Reihen. Eines ihrer Projekte ist in dem Buch *114 Skulpturenstücke* dokumentiert.

Rudolf Gier

Die Frau in der Kamera

Storys

Mit Bildern
von Claudia Seibert

Rudolf Gier: Die Frau in der Kamera. Storys
Mit farbigen Aquarellen von Claudia Seibert
Lektorat: Gerald Funk
Einbandgestaltung: Mina Bellack

Bibliografische Information der Deutschen Nationalbibliothek:
Die Deutsche Nationalbibliothek verzeichnet diese Publikation
in der Deutschen Nationalbibliografie; detaillierte bibliografische
Daten sind im Internet über dnb.dnb.de abrufbar.

© 2021 Rudolf Gier (Text), Claudia Seibert (Bild)

Herstellung und Verlag: BoD – Books on Demand, Norderstedt

ISBN: 978-3-7481-5902-5

Inhalt

I.
Verfluchter Alltag

That's Jazz

Baumann hatte sich nichts dabei gedacht, als er sein Tenorsaxofon vor fünfzehn Uhr aus dem Koffer nahm. Wer sollte schon etwas dagegen haben, wenn er ausnahmsweise ein bisschen früher spielte? Naja, was hieß hier spielen! Baumann war, obwohl schon Mitte dreißig, ein Anfänger auf dem Instrument. Er war noch auf der Suche nach einem sauberen, eigenständigen Ton. Spielen bedeutete für ihn im Wesentlichen, Skalen rauf und runter zu leiern oder rhythmische Übungen zu absolvieren, die ihm sein Lehrer aufgegeben hatte. Seine Technik steckte noch in den Kinderschuhen.

Die ersten Töne, mit denen er sich nur vergewissern wollte, ob mit dem Instrument alles in Ordnung war, klangen schrill. In diesem Moment klingelte es. Baumann legte das Saxofon beiseite und öffnete. Kreye, ein Nachbar, stand vor der Tür und war offensichtlich erregt.

»Was fällt Ihnen ein, während der Mittagsruhe so einen Lärm zu veranstalten!«

Kreye war Anfang sechzig und vor einigen Jahren frühpensioniert worden. Er wohnte schon viel länger in dem Haus als Baumann. Trotz seines fortgeschrittenen Alters hatte er noch volles Haar. Seitenscheitel, gepflegtes Äußeres und dezentes Auftreten gaben ihm einen seriösen Anstrich. Er wirkte nicht einmal unfreundlich und war bisher nie aufdringlich geworden. Umso mehr verwunderte es Baumann, dass er nun derart heftig auf ihn einredete.

»Meine Frau steht kurz vor einem Nervenzusammenbruch, und da kommen Sie uns mit Ihrem gnadenlosen Getöse!«

Baumann wusste, dass er noch nicht gut spielen konnte, und die Sache war ihm peinlich. Er entschuldigte sich. Aber Kreye ließ nicht locker: »Bis fünfzehn Uhr will ich hier keinen Ton mehr hören, ist das klar!«

Baumann nickte beschämt und sah, wie Kreye sich umdrehte und wieder die Treppe hinaufging. Dann fiel oben die Wohnungstür ins Schloss.

Noch nie hatte sich Kreye direkt zu seinen musikalischen Versuchen geäußert, aber Baumann spürte jedes Mal, wenn sie sich im Hausflur begegneten, wie sehr Kreye daran Anstoß nahm. Das Nachbarschaftsverhältnis zwischen ihnen hatte sich jedenfalls, nachdem Baumann das Instrument vor ein paar Monaten angeschafft hatte, erheblich verschlechtert. Dabei war Kreye, was diese Geschichte anbelangte, vermutlich noch nicht einmal der Hauptdrahtzieher, sondern es war seine Frau. Sie verhielt sich Baumann gegenüber immer mit zur Schau gestellter Freundlichkeit. »Guten Morgen, Herr Baumann, ich wünsche Ihnen einen erfolgreichen Tag«, pflegte sie zu sagen. Dabei gehörte Erfolg nicht gerade zu Baumanns Markenzeichen. Im Gegenteil: Er hatte seine Stelle verloren und durchlebte gerade eine berufliche und persönliche Misere, was ihr nicht entgangen sein konnte. Es war zynisch, ihm in dieser Lage einen »erfolgreichen Tag« zu wünschen.

Als vor einigen Monaten Baumanns Frau ausgezogen war, kam die Schnepfe gleich mit einer spitzen Bemerkung um die Ecke. »Guten Tag, Herr Baumann, ich hoffe, Ihrer Ehepartnerin geht es auch gut. Richten Sie ihr doch bitte herzliche Grüße von mir aus, wenn Sie sie das nächste Mal sehen.«

Allein an der verstellten Stimme glaubte Baumann ihren Charakter zu erkennen. Alles, was nicht ihrem Weltbild entsprach, schien sie zu verachten. Offensichtlich stand sein Saxofonspiel ganz oben auf ihrer roten Liste.

Er hatte schon länger den Verdacht, dass sie ihn belauschte. Die Decken und Wände waren dünn, und sein Geblase konnte man überall im Haus wahrnehmen. Aber während die anderen Nachbarn es ignorierten und sich nicht weiter daran störten, hatte sie offensichtlich nichts Besseres zu tun, als jeden Ton, den er von sich gab, mit arroganten Sprüchen zu kommentieren. Immer wenn er danebengriff oder schlecht intonierte, stampfte sie auf den Fußboden.

Baumann war davon verunsichert. Er schämte sich regelrecht für seine miserablen Übungseinheiten, verlor an Selbstvertrauen, und die Sache machte ihm immer weniger Spaß. Er musste feststellen, dass er in den letzten Wochen kaum Fortschritte erzielt hatte und sein Spiel zunehmend stagnierte, ein Trend, den er zu einem guten Teil den beiden Nervensägen ankreidete.

Aber er hatte keine Lust, sich das Instrument von den Spinnern vermiesen zu lassen. Allein aus Trotz würde er weitermachen. Um Punkt fünfzehn Uhr nahm er das Saxofon und legte von Neuem los.

Mit der Wut im Bauch, die sich angestaut hatte, spielte er kraftvoller und zupackender als zuvor. Er fing an zu experimentieren. Das hatte er sich noch nie getraut. Er dachte nicht mehr so viel darüber nach, ob er die Töne traf. Er spielte einfach. Diese »Das-wollen-wir-doch-mal-sehen-Improvisation« ermutigte ihn und wirkte befreiend. Es klang gar nicht so schlecht. Und vor allem: Er war richtig laut.

Erneut klingelte jemand. Baumann ging zur Tür.

»Was wollen Sie denn schon wieder? Die Mittagspause ist längst rum.« Kreye hatte sich vor ihm aufgebaut wie ein Boxer, was gar nicht zu seiner gediegenen Erscheinung passte. Bestimmt war er wieder von seiner blöden Schnepfe geschickt worden.

»Diesen höllischen Lärm nennen Sie spielen?«

»Davon verstehen Sie nichts, Herr Kreye, das ist Jazz!«

»Von Ihnen muss ich mich nicht belehren lassen, Herr Baumann. Ich habe jahrelang als Toningenieur beim Swing-Orchester der Bundeswehr gearbeitet.«

Baumann erinnerte sich an ihre erste Begegnung. Kreye hatte erwähnt, dass er Berufssoldat gewesen war, ohne näher darauf einzugehen. Es hatte Baumann auch nicht sonderlich interessiert. Immerhin konnte sich Kreye eine große Wohnung leisten, und er fuhr einen dicken Mercedes. Folglich musste er mindestens Offizier gewesen sein. Dass er bei der Bundeswehr als Toningenieur gearbeitet hatte, hörte Baumann zum ersten Mal.

»Glauben Sie mir, Herr Baumann, ich kenne mich aus mit Jazz. Glenn Miller, Woody Herman, Duke Ellington, Count Basie, um nur einige große Namen zu nennen. Oder, um bei Ihrem Instrument zu bleiben: Lester Young. Das ist Jazz. Ihr Geblase hat nicht das Geringste damit zu tun.«

»Schon mal was von Charlie Parker, John Coltrane oder Archie Shepp gehört?«

»Charlie Parker ist mir ein Begriff. Und wenn ich mich recht erinnere, spielte er nicht Tenor-, sondern Altsaxofon. Mit dem Dreck, den er absonderte, Bebop genannt, nahm der Untergang oder zumindest eine lang andauernde Stagnation des Jazz seinen Anfang. Drogenabhängige schreiben keine Musikgeschichte, mein Freund, das müssten Sie als Sozialarbeiter doch eigentlich wissen, auch wenn Sie gegenwärtig nicht in der Lage sind, Ihren Beruf aktiv auszuüben.«

Baumann war nicht entgangen, dass Kreye auf seine Arbeitslosigkeit angespielt hatte, und konterte. »Auch wenn Sie dem Staat als Frühpensionär auf der Tasche liegen, haben Sie mir keine Vorschriften zu machen, was und vor allem wie ich spiele.«

Kreye gab sich unbeeindruckt. »Baumann, tun Sie mir einen Gefallen: Verkaufen Sie Ihr Instrument. Sie sind gänzlich untalentiert, und jede Sekunde, die Sie darauf verwenden, ist verschwendete Zeit. Das sage ich Ihnen als Jazzexperte und Toningenieur. Und als Nachbar, der sich den ganzen Tag diesen unprofessionellen Scheiß anhören muss, gebe ich Ihnen einen guten Rat: Machen Sie noch heute damit Schluss!«

Baumann schlug Kreye die Tür vor der Nase zu. »Na schön, das kannst du haben, Arschloch«, dachte er und nahm sein Saxofon. Ohne jegliche musikalische Absicht blies er kraftvoll hinein. Er wollte nur eins: laut sein und Kreye beweisen, dass er sich von ihm nicht herumkommandieren ließ.

Keine zwei Minuten vergingen, da klingelte es nervtötend. Kreye hielt den Knopf gedrückt, bis Baumann öffnete.

Diesmal fuchtelte Kreye mit einer Handfeuerwaffe herum, die er vermutlich noch aus seiner aktiven Zeit bei der Bundeswehr hatte. Ob die Knarre geladen war, konnte Baumann nicht einschätzen.

»Sofort das Saxofonfeuer einstellen, Baumann, sonst knallt's! Ich fackle nicht lange und werde dich standrechtlich erschießen!«

»Jetzt ist es passiert«, ging es Baumann durch den Kopf, »der Typ dreht durch.« Er nahm die Hände ein wenig hoch und versuchte Kreye zu beschwichtigen.

»Ist alles in Ordnung mit Ihnen?«

Dass Kreye wirklich abdrücken würde, konnte sich

Baumann nicht vorstellen. Aber ganz auszuschließen war es nicht.

Kreye blickte Baumann einen Moment irre an. Glücklicherweise ließ er die Waffe dann in seine Hosentasche verschwinden und ging in seine Wohnung zurück.

Nach diesem Vorfall machte Kreye ihm nie wieder eine Szene. Im Gegenteil: Wenn sie sich im Hausflur begegneten, begrüßte ihn Kreye, distanziert zwar, aber höflich. Manchmal schien er Baumanns Namen vergessen zu haben oder ihn mit jemand zu verwechseln. »Guten Morgen, Herr Babel«, sagte er dann.

Als Baumann wieder eine Arbeitsstelle fand, verlor das Saxofon für ihn an Bedeutung. Immer seltener holte er es aus dem Koffer, und irgendwann spielte er gar nicht mehr. Ansonsten nahmen die Dinge ihren Lauf. Baumann fand eine neue Lebensgefährtin, und Kreyes Frau verstarb.

In den Wochen danach ging es mit Kreye rapide bergab. Bald schlurfte er gebeugt durch den Hausflur. Beim Treppensteigen musste er sich am Geländer festhalten. Aus dem einst jung gebliebenen Offizier im Ruhestand war ein alter Mann geworden. Er hatte jede Feindseligkeit abgelegt und gab sich zurückhaltend, beinahe sanftmütig. An manchen Tagen konnte er richtig nett sein. Wenn Kreye sich vor Baumann die Treppe hochquälte, hielt er an, trat zur Seite und machte Platz.

»Gehen Sie ruhig vor, ich habe Zeit. Wo ich Sie gerade sehe, Herr Babel, was macht eigentlich Ihr Saxofon?«

»Ich heiße nicht Babel, sondern Baumann. Und Saxofon spiele ich schon lange nicht mehr, Herr Kreye. Ich habe es verkauft.«

»Oh, das ist aber schade. Sie hatten echt Talent, Herr Baumann. Als Sie noch spielten, glaubte ich manchmal, den einschmeichelnden Ton des grandiosen Lester Young zu hören.«

Baumann war sich bewusst, dass die Einschätzung nichts bedeutete und von einem alten Mann stammte, der nicht mehr alle Tassen im Schrank hatte. Außerdem mochte er keinen Swing. Aber er hatte Lust bekommen, Jazz zu hören. Er ging zu seinem CD-Regal und zog ein Album von John Coltrane heraus. Es war eine Aufnahme aus Coltranes Hard-Bob-Phase Ende der fünfziger Jahre.

Das leidenschaftliche Tenorsaxofon ertönte. In rasendem Tempo jagten die Noten dahin, schlugen wie metallene, gläserne und splitternde Klangflächen aneinander. Coltrane spielte sein Instrument, als ob er es in Stücke reißen wollte, und das Einzige, was man von ihm erwarten konnte, war das Unvorhersehbare. Baumann liebte diesen feurigen Sound und erinnerte sich wehmütig an sein eigenes Saxofon, von dem er sich leichtfertig getrennt hatte.

»Ich habe zu schnell aufgegeben«, dachte er. Natürlich, er hätte Musikern wie Coltrane nie das Wasser reichen können. Aber ganz schlecht war er auch nicht gewesen, und bestimmt hätte er das Zeug zu einem guten Gelegenheitsmusiker gehabt.

Eines Morgens öffneten Polizeibeamte die Wohnung von Kreye. Einer Nachbarin, die gegenüber wohnte, war die ungewöhnliche Stille im Treppenhaus aufgefallen. An Kreyes Tür horchend hatte sie keinerlei Lebenszeichen vernommen.

Kreye lag tot auf seinem Sofa, mit geschlossenen Augen und entspanntem Gesichtsausdruck. Vermutlich war er eingeschlafen und nicht wieder aufgewacht.

Zu seinem Begräbnis erschienen nur wenige Personen, neben Baumann lediglich ein paar weitere Nachbarn aus dem Haus sowie ein Neffe.

Offenbar hatte Kreye kaum Freunde, und seine Kinder und Verwandten sahen keine Veranlassung, zu seiner Beerdigung zu erscheinen. Durch seine schroffe Art und mit tatkräftiger Unterstützung seiner boshaften Frau hatte Kreye es offensichtlich geschafft, sich Menschen, die an seinem Leben vielleicht hätten Anteil nehmen können, vom Hals zu halten.

Am folgenden Tag meldete sich Kreyes Neffe bei Baumann und übergab ihm ein großes dünnes Päckchen. Es war in Papier eingeschlagen und beschriftet mit: *Für Herrn Babel.*

»Das habe ich bei meinem Onkel gefunden. Es wird Ihnen nicht entgangen sein, dass er am Ende seines Lebens etwas durcheinander war. Erst kürzlich hat er mir von Ihnen und Ihren musikalischen Ambitionen erzählt. Ich schätze, mit *Herr Babel* sind Sie gemeint. Das Päckchen lag auf dem Tisch am Sofa. Vermutlich war es das Letzte, womit mein Onkel sich beschäftigt hat, bevor er verstorben ist.«

Baumann bedankte sich, ging in seine Wohnung zurück und öffnete das Päckchen. Kreye hatte ihm eine seiner Schallplatten von Lester Young vermacht. Baumann betrachtete das Cover, das mit einer Schwarz-Weiß-Fotografie schön gestaltet war. Das Foto zeigte den berühmten Swing-Saxofonisten, den Kreye häufiger erwähnt und offensichtlich sehr bewundert hatte, mit voller Hingabe in Aktion.

Es war fast eine Ewigkeit her, dass Baumann eine Vinyl-Scheibe in seinen Händen gehalten hatte. Ein alter Plattenspieler stand aber noch im Regal. Er hob den verstaubten Deckel an, zog die Platte aus dem Cover, legte sie auf den Teller, brachte den Tonarm in Position und setzte vorsichtig die Nadel auf.

Als er das Knistern und die ersten Töne vernahm, fühlte

er sich in längst vergangene Zeiten versetzt. Kein Wunder, die Aufnahmen des Albums stammten aus den dreißiger Jahren, der Blütezeit des Swing.

Noch nie hatte sich Baumann ernsthaft darauf eingelassen, diese Art von Musik, die er eigentlich nicht mochte, zu hören. Aber nun war er mit einem Mal positiv überrascht. Der zarte lyrische Ton Lester Youngs, seine leidenschaftlichen und zugleich introvertiert anmutenden Improvisationen, die Fähigkeit, sich wie ein Maler auf das Wesentliche zu konzentrieren und keine Note zu viel zu spielen, all das ließ ihn als Wegbereiter des modernen Jazz à la John Coltrane erscheinen.

Spätestens bei dem Stück »Honeysuckle Rose« wippte Baumanns rechter Fuß im Takt. Dazu ließ er seine Fingerkuppen über die Tischplatte tanzen, und sein Kopf sowie der gesamte Oberkörper gerieten in verzückte rhythmische Bewegungen. Die Musik, die er bislang bestenfalls belächelt hatte, begann ihn zu begeistern. Sie verbreitete auf geheimnisvolle Weise gute Laune, und Baumann fing an zu verstehen, wie unerschöpflich die Spielarten des Jazz waren.

»Trotz starker Gegensätze hätte es durchaus Gemeinsamkeiten zwischen mir und Kreye geben können«, ging es Baumann durch den Kopf. Dafür war es nun leider zu spät.

Immerhin, der zeitweise verstockte Nachbar hatte ihn dazu gebracht, den Swing nicht länger zu ignorieren. Und jetzt bedauerte er, dass der alte freundliche Herr so plötzlich verstorben war.

Bärwalds Berechnungen

Bärwald schob die EC-Karte in den Schlitz und tippte den Geheimcode ein. Eine Weile passierte nichts, und er spürte, wie seine Anspannung stieg. Jedes Mal, wenn er Geld abheben wollte, beschlich ihn das ungute Gefühl, dass der Automat sich weigern könnte, den gewünschten Betrag herauszugeben. Im schlimmsten Fall würde obendrein die Karte einbehalten.

Diesmal schien die Sache gut auszugehen. Der Monitor bot Beträge zwischen hundert und tausend Euro an. Er wollte vierhundert Euro mitnehmen und drückte die entsprechende Taste. Der Automat reagierte prompt und spuckte die Karte aus.

»Scheiße!«, fluchte Bärwald. Er hatte Angelika versprochen, nach Dienstschluss zum Supermarkt zu fahren. Aber er besaß nur noch zehn Euro Bargeld. Den Einkauf konnte er vergessen.

Knapp eintausendsiebenhundert Euro erhielt er jeden Monat von seinem Arbeitgeber überwiesen. Seit sie Joshua bekommen hatten, musste er den größten Teil des Einkommens allein bestreiten. Angelikas Verdienst aus ihrem Teilzeitjob reichte noch nicht einmal für die Miete. Berücksichtigte man alle anderen regelmäßigen Ausgaben für Dinge wie Lebensmittel, Kleidung, Versicherungen, Zeitungsabonnement, Friseur, Zigaretten, Kneipen- und Kinobesuche, mussten nach seiner Schätzung am Monatsende rund fünfhundert Euro übrig bleiben. Aber so war es nie. Sein Konto geriet regelmäßig in die Miesen, und er wurde das Gefühl nicht los, dass ihm ein beträchtlicher Teil seines Geldes durch die Finger rieselte.

Er hatte beschlossen, wenigstens die notwendigsten Dinge zu besorgen. Während er den Einkaufswagen durch die Gänge des Supermarktes schob und ein paar Sachen hineinlegte, erinnerte er sich daran, wie er einmal als kleiner Junge zehn Pfennig gefunden hatte. Er malte sich aus, was er dafür alles bekommen konnte. Eine Wundertüte, Brause, Gummibärchen, Lakritz ... Nachdem er eine Verkäuferin fragend angeblickt und ihr sein Geldstück gezeigt hatte, deutete sie auf eine Kugel Kaugummi. Weil er nicht wahrhaben wollte, dass er für zehn Pfennig so wenig bekam, ging er zu einem Süßigkeitenregal, schnappte sich blitzschnell eine Tafel Schokolade und schob sie unter den Pullover. Er ging zur Kasse und bezahlte das Kaugummi. Obwohl seine Hände zitterten, bemerkte niemand seinen Diebstahl. Zu Hause aß er die Schokolade heimlich auf. Danach traute er sich tagelang kaum vor die Tür. Oft stand er am Fenster und schaute hinaus, in Erwartung der Polizei, die in seiner Vorstellung jeden Augenblick vorfuhr, um ihn abzuholen.

Was sollte Angelika denken, wenn er mit fast leeren Händen nach Hause kam? Unauffällig sah er sich nach allen Seiten um und musterte die Ladeneinrichtung. Es gab zwar Kameras, die wie große Augen schräg von oben auf die einzelnen Gänge herabblickten und potenzielle Ladendiebe in Schach hielten. Aber wenn man es geschickt anstellte, konnte man das Überwachungssystem überlisten.

Er drehte sich mit dem Rücken zu der Kamera, die ihn beobachtete, nahm ein Pfund Kaffee und schob es in die Innentasche seines Mantels. Langsam lief er weiter. Er war sich darüber im Klaren, dass er sich jetzt keinen Fehler erlauben durfte. Vor allem war, ohne dabei in Panik zu verfallen, Eile geboten. Am Kühlregal ließ er ein Stück Käse und Butter mitgehen. Die bereits aus der Kühltruhe genommene Pizza legte er zurück. Er wollte stattdessen an der Kasse lieber eine Packung Windeln aufs Band legen. Mit den Windeln gab er sich als Familienvater zu erkennen und durfte mit einem höheren Vertrauensbonus seitens der Kassiererin rechnen. Jemandem, der ein Kind versorgte, unterstellte man nicht so leicht böse Absichten.

Bevor er sich anstellte, steckte er noch eine kleine Schachtel Pralinen ein. Nur eine Kundin hatte er vor sich. Die verlängerten Öffnungszeiten wurden wenig genutzt, und so waren die Läden abends oft fast leer. »Eine günstige Zeit für Diebstähle«, dachte er und legte die Waren, die er bezahlen wollte, aufs Förderband.

Als die Windeln an der Reihe waren, sah die Kassiererin kurz zu Bärwald auf und lächelte. Seine Rechnung ging auf: Als Familienvater wurde man nicht so leicht enttarnt. Seinen etwas verkrampften Gesichtsausdruck deutete die Verkäuferin vermutlich als fürsorgliche Geste. Dieser Mann, so würde die Verkäuferin denken, musste rasch nach Hause, damit das Kind noch rechtzeitig neue Windeln bekam.

Sein Bargeld hatte gerade noch gereicht. Bärwald war mit der halb gefüllten Einkaufstüte und den vollgestopften Manteltaschen auf dem Weg zum Wagen. Um sich zu vergewissern, dass alles gut gegangen war, blickte er sich kurz um. Er sah, wie ein Mann ohne Einkaufstasche aus dem Laden kam. Es war nicht auszuschließen, dass er sich an Bärwalds Fersen heften würde. Dem Aussehen nach zu urteilen, konnte es sich durchaus um einen Detektiv handeln. Mit seiner Schirmmütze und der altmodischen Lederjacke wirkte der Mann derart gewöhnlich, dass er schon wieder auffiel.

Bärwald änderte die Laufrichtung und ging schneller. Er durfte jetzt auf keinen Fall in seinen Wagen einsteigen.

Selbst wenn er dem Verfolger mit quietschenden Reifen entkommen konnte, anhand des Nummernschildes war er leicht zu identifizieren. Seinen Kragen aufschlagend, bog er um die Ecke und lief Richtung Zentrum. Falls der Mann wirklich hinterherkam, konnte Bärwald versuchen, in der Fußgängerzone unterzutauchen.

Seine Vermutung schien sich zu bestätigen. Jedenfalls nahm der Mann den gleichen Weg. Bärwald wurde nervös und begann zu rennen, ohne sich noch einmal umzublicken. Nachdem die meisten Läden geschlossen hatten, war die Fußgängerzone kaum frequentiert und bot keine geeignete Zuflucht für einen verfolgten Ladendieb. Bärwald wusste, dass die Geschäftsführung des Supermarktes, sofern er von dem Detektiv gefasst wurde, unweigerlich die Polizei einschalten und Anzeige erstatten würde. Bei den Millionenbeträgen, die den Geschäften allein durch Diebstähle entgingen, machten sie mit erwischten Übeltätern kurzen Prozess.

In einem panischen Anfall schleuderte Bärwald, noch immer rennend, die Plastiktüte mit den legal erworbenen Waren von sich. In hohem Bogen flog die Tüte durch die Luft und landete platschend in einem Springbrunnen. Danach zerrte er die gestohlenen Sachen aus den Manteltaschen und warf sie ebenfalls weg. Passanten, die ihn beobachteten, hielten ihn vermutlich für verrückt. Bärwald kümmerte sich nicht darum und rannte weiter, bis er die Innenstadt hinter sich gelassen hatte.

Er war außer Atem. Erschöpft ließ er sich auf einer Parkbank nieder. Wenn der Detektiv ihn nicht aus den Augen verloren hatte, dann war er geliefert. Wenigstens hatte er sich vom Diebesgut befreit, und möglicherweise musste die Geschäftsführung des Ladens mangels Beweisen von einer Anzeige absehen.

Bärwald schaute in die Richtung, aus der er gekommen war. Der Verfolger war nicht zu sehen. Entweder war Bärwald ihm entwischt, oder der vermeintliche Detektiv war ein ganz normaler Kunde gewesen, der nur zufällig in Richtung Innenstadt gelaufen war.

»Glück gehabt!«, schoss es Bärwald durch den Kopf. Er wollte sich eine Zigarette anstecken. Aber die Tasche, in der er normalerweise die Schachtel aufbewahrte, war leer. Im Eifer des Gefechtes hatte er sich vermutlich der angebrochenen Packung mit den anderen gestohlenen Sachen entledigt.

Eine Weile blieb Bärwald noch auf der Bank sitzen und dachte nach. Um ein Haar hätte er sich eine Anzeige eingehandelt. Beschämt schwor er sich, so etwas nie wieder zu tun, egal, in was für eine Lage er auch geraten sollte. Lieber würde er betteln gehen.

Er lief zum Parkplatz zurück. Sein Wagen war der einzige weit und breit, und der Supermarkt hatte inzwischen geschlossen.

»Dein Sohn hat dich vermisst«, sagte Angelika mürrisch. Natürlich war sie verärgert über sein spätes Heimkommen.

Mit großen blauen Augen lächelte Joshua ihn an. So sehr Bärwald sich normalerweise daran erfreuen konnte, heute flößten ihm die hoffnungsvollen Blicke seines Sohnes Angst ein. Er zweifelte, ob er ein guter Vater war.

»Du hast gar nicht eingekauft?«, bemerkte Angelika.

»Ich hatte noch im Büro zu tun«, log Bärwald. »Und dann hat der Supermarkt vor meiner Nase zugemacht.«

Joshuas Mine verfinsterte sich. Er fing an zu weinen. Angelika nahm ihn, ging mit ihm ein bisschen herum und versuchte ihn zu trösten. Nach einer Weile konnte sie ihn ins Bett bringen.

Bärwald setzte sich in die Küche. Angelika hatte schon gegessen und die Sachen für ihn stehen gelassen. Obwohl er nichts mitgebracht hatte, waren noch Brot, ein paar Scheiben Wurst, Käse und Tomaten da. Vielleicht musste man gar nicht so häufig einkaufen, dachte Bärwald, und sie konnten mit dem auskommen, was noch vorhanden war. Außerdem musste er nicht jeden Tag so viel essen. Er sah an sich herunter. Sein Bauch wölbte sich über dem Hosengürtel. »Ich werde mich in Zukunft zurückhalten«, nahm er sich vor.

Angelika kam in die Küche und begann, die Geschirrspülmaschine auszuräumen. Offenbar hatte sie ihre schlechte Laune abgelegt.

»Ist was?«, fragte sie.

»Wieso?«

»Du bist so still. Gab es Stress im Büro?«

»Das Übliche. Viel zu tun. Aber nichts Besonderes.«

Bärwald wusste nicht, worüber er mit Angelika sprechen sollte. Das, was ihn momentan am meisten beschäftigte, sein Diebstahl, dazu wollte er sich nicht äußern. Und seinen katastrophalen Kontostand behielt er ebenfalls besser für sich. Er redete nicht gern über Geld. Außerdem kannte er Angelikas Ansichten zu diesem Thema. Sie fand, dass er zu wenig verdiene. Und er selbst sah das genauso.

Er hatte doch kräftiger als beabsichtigt zugelangt, und wenn noch genügend Wurst und Käse da gewesen wären, hätte er sogar noch mehr gegessen. Solange er mit dem Essen beschäftigt war, fiel es nicht auf, dass er nichts zu sagen hatte. Seine selbst verordnete Diät hatte er auf den nächsten Tag verschoben.

Angelika hatte es aufgegeben, ihn gesprächiger zu stimmen. Eine Weile saß sie noch mit ihm im Wohnzimmer. Sie schauten einen Krimi. Als der Film zu Ende war, ging Angelika ins Bett. Bärwald blieb noch auf. Er fand eine angebrochene Packung Zigaretten, holte sich eine Flasche Bier aus dem Kühlschrank, nahm Stift und Zettel und begann, Berechnungen über seine Ausgaben anzustellen. Er kam zu keinem neuen Ergebnis: Am Monatsende mussten eigentlich vier- bis fünfhundert Euro übrig bleiben, genau der Betrag, den er heute so dringend gebraucht hätte.

Irgendwann ging er ins Bett. Während Angelika sich längst in tiefsten Träumen befand, konnte er nicht einschlafen. Seine Geldmisere, die ihn zum Ladendieb gemacht hatte, ließ ihm einfach keine Ruhe. »Wo bleibt nur das ganze Geld?«, fragte er sich immer wieder.

Gleich nach dem Aufstehen begann der alltägliche Verbrauch. Zahnpasta, Rasierschaum und Klingen, Seife, Toilettenpapier, all das kostete Geld und musste regelmäßig nachgekauft werden. Bevor er sich auf den Weg zur Arbeit machte, las er die Zeitung. Wenn er sie aus der Hand legte, hatte er fast zwei Euro weggelesen. Der Weg zur Arbeit kostete, wenn man die Anschaffung des Autos außer Acht ließ und lediglich Benzin berechnete, allein zehn bis zwölf Euro pro Tag. Auch seine Anwesenheit im Büro blieb nicht ohne finanzielle Opfer. Da er mit Kunden verkehrte, verstand es sich von selbst, dass seine Kleidung immer tipptopp aussehen musste. Das bedeutete: alle paar Monate ein neues Sakko, eine neue Hose, ein neues Oberhemd oder ein neues Paar Schuhe.

Er malte sich aus, wie er bei jedem Schritt, den er unternahm, die Schuhsohlen in Mitleidenschaft zog. Und selbst wenn er an seinem Schreibtisch saß, wurden sie nicht geschont. Sein Fußschweiß zerfraß nach und nach das Innenleder, sodass die Schuhe schon nach wenigen Monaten ausgemustert werden mussten. Auch das Sakko wurde vom Nichtstun besonders stark beansprucht. Er brauchte bloß dazusitzen, die Ellenbogen auf den Tisch zu legen und mit den Armen seinen müden Kopf abzustützen, schon waren die Ärmel verschlissen.

Es wurmte ihn auf einmal, dass das Nichtstun so viel kostete. Sein größtes Problem waren die Zigaretten. Natürlich fiel eine einzelne Zigarette kaum ins Gewicht, aber aufs Ganze gesehen verschlang der Nikotinkonsum ungeheuerliche Summen, dass einem schwindelig davon werden konnte. Schon häufiger hatte er versucht, das Rauchen aufzugeben, nicht nur des Geldes, sondern vor allem des hohen Gesundheitsrisikos wegen. Nach zwei, drei Tagen, manchmal bereits nach wenigen Stunden, war er rückfällig geworden. Er musste sich eingestehen, dass er einen schwachen Charakter besaß, der ihn dazu verführte, das Geld sinnlos in die Luft zu blasen.

Was immer er tat, unweigerlich verursachte er Kosten. Sogar wenn er sich ins Bett legte, wenn er sich schweißgebadet hin und her wälzte und dadurch den Schlafanzug und die Bettwäsche besonders stark strapazierte, immerzu nagte er am Geldbudget, das, wie er unlängst festgestellt hatte, nicht gerade üppig bemessen war.

Er stellte sich eine innere Registrierkasse vor, die in einem fort seinen alltäglichen Verbrauch berechnete. Wie die Uhr einer Tankzapfsäule addierte dieser Apparat permanent Zahlen. Mit jedem Atemzug schnellte der Geldanzeiger herauf. Er, Bärwald, war nichts anderes als ein gigantischer Konsumorganismus, der unaufhörlich immense Geldsummen verschlang. Sein größter Feind, resümierte er, war er selbst mit seinem immerwährenden Drang nach Essen und Trinken, Kleidung und Wohnen, Fortbewegung und Luxus.

Zigmal hatte sich Bärwald vom Rücken auf die Seite, von der Seite auf den Bauch und vom Bauch auf den

Rücken gedreht. Schließlich stand er auf und steckte sich eine Zigarette an. Es war die letzte. Der Biervorrat hatte sich ebenfalls erschöpft. Selbst wenn Angelika morgen das Notwendigste einkaufen würde, Bier und Zigaretten brachte sie nie mit, und Bärwald musste sich selbst darum kümmern. Aber wovon sollte er es bezahlen? Er hatte sich schon bei diversen Leuten Geld geliehen. Bis endlich sein Gehalt überwiesen wurde, mussten noch Tage vergehen.

Er ging in die Küche und machte sich an Angelikas Handtasche zu schaffen. In ihrem Portemonnaie befand sich ebenso wenig Bargeld wie in seinem eigenen. In einem der Steckfächer entdeckte er ihre Scheckkarte. Den Blick auf das Portemonnaie geheftet hielt er noch einen Moment inne. Dann nahm er die Scheckkarte heraus und verließ die Wohnung.

Digitally remastered

Ich hörte Musik, eine alte Aufnahme von Creedence Clearwater Revival, digitally remastered. Die erst vor ein paar Wochen angeschaffte Kompaktanlage mit CD-Player, Internetradio, Bluetooth und eingebauten Boxen, alles zusammen nicht größer als ein Kofferradio, klang voluminös wie eine Live-Combo. Längst waren die Zeiten vergangen, in denen man sich zentnerschwere Lautsprecher ins Zimmer stellte. Beschwingt saß ich einfach nur da, ließ die Musik vorbeirauschen und freute mich über das neue Sofa, auf dem ich lässig thronte. Der schwarz-weiß gestreifte Stoff und das funktionalistische Bauhaus-Design harmonierten ausgezeichnet mit dem freiliegenden, graublauen Teppich und den sandfarbenen, üppigen Vorhängen.

Ich streifte die Slipper ab, legte die Füße hoch. Endlich Ferien. Und allein in der großen Wohnung. Angelika und Sven waren übers Wochenende verreist, ausnahmsweise ohne mich. Niemand würde sich in den nächsten achtundvierzig Stunden in mein Leben einmischen.

Beinahe wäre ich eingenickt, da ging das Telefon. Vorsorglich hatte ich den Hörer aus der Station genommen und auf das Beistelltischchen gelegt.

»Was läuft 'n bei dir für 'n Scheiß!«, wurde ich nicht gerade sanft aus dem Halbschlaf gerissen. »Sag bloß, du bist auf Oldies umgestiegen!«

Ich war überrascht und zugleich erfreut, Ronalds Stimme zu hören. Wir hatten uns schon eine Ewigkeit nicht mehr gesehen. »Mensch, wo steckst du?«

Er erzählte, dass ihn ein Job in meine Stadt verschlagen habe. Er arbeitete noch immer als DJ, hatte sich aber, wie er es ausdrückte, »professionalisiert« und war »sozusagen auf Tournee«. Und jetzt stand er in einer Telefonzelle, gleich bei uns um die Ecke. »Red nicht so viel, komm einfach rüber«, sagte ich. »Der Rest der Familie ist ausgeflogen. Wenn du willst, kannst du hier pennen.«

Sechs, sieben Jahre waren vergangen seit unserer letzten Begegnung. In Gedanken sah ich ihn mit Kopfhörer und konzentrierter DJ-Miene hinter den Plattentellern stehen, umlagert und angehimmelt von einer Schar hübscher Studentinnen. Er hatte auf den Semesterfeten immer die Platten aufgelegt. Schwer zu sagen, was mir mehr imponiert hatte: sein ausgefallener Musikgeschmack oder die coole Art, mit der er die Aufmerksamkeit der Frauen auf sich zog. Wenn er zufällig nicht mit seinen Verehrerinnen flirtete, nutzte ich die Gelegenheit, ihn nach diesem oder jenem Titel zu fragen. So waren wir ins Gespräch gekommen und hatten angefangen, über neue Trends in der Popmusik zu fachsimpeln. Ich sortierte den Großteil meiner alten Platten aus und kaufte mir die Scheiben, die er auf den Feten spielte. Es war der Beginn einer großen Freundschaft gewesen.

Seine Stimme klang wie damals. »Bis gleich, ich besorg uns noch schnell was zu rauchen«, sagte er und hängte ein.

Ich überlegte, ob ich mich umziehen sollte, beließ es dann aber bei meiner sandfarbenen Leinenhose und dem dunkelblauen Oberhemd; meine letzte verschlissene Jeans hatte ich erst vor ein paar Tagen in die Altkleidersammlung gegeben. Ich blickte in den Spiegel und verteilte die in der Stirn dünn gewordenen Haare über die Geheimratsecken.

Als er in der Tür stand, umarmten wir uns herzlich. Er trug wie eh und je ausgelatschte Turnschuhe und ein verwaschenes T-Shirt. Auch bei ihm hatten sich die Haare gelichtet, aber im Gegensatz zu mir trug er sie kurz geschoren.

»Nicht zu fassen, du bist ja ein richtiger Lehrer«, sagte er und zupfte an meinem Oberhemd. Ich strich ihm über den Kopf. Irgendwie ähnelte er mit seiner radikalen Frisur einem Haftentlassenen.

»Ganz schön alt geworden«, frotzelte ich.

Wir traten ins Wohnzimmer. »Hier lebst du also«, sagte er und ließ seinen Blick durch den Raum wandern. Er betrachtete die beiden gerahmten Kunstdrucke, Veroneses *Abendmahl* und Malevichs *Supremus Nr. 50*, begutachtete die Jugendstilkommode und das kleine ovale Beistelltischchen mit der in Handarbeit ausgefrästen Kirschbaumplatte, er schaute sich die subtropische, zweimeterfünfzig hohe Grünpflanze an und den mundgeblasenen Opalglasschirm des Deckenfluters. Schließlich ging er zum Sofa und strich über eine der Armlehnen. »Bürgerlich, aber mit Stil und vom Feinsten«, sagte er.

Ich spürte, wie er mich belächelte. »Und du?«, fragte ich.

»Eher so wie früher«, sagte er, drehte sich um und musterte mich. Ich kam mir in meiner Leinenhose und dem glatt gebügelten Oberhemd ein bisschen albern vor und begann, mich in meinen eigenen vier Wänden unwohl zu fühlen.

»Früher haben wir in den letzten Hütten gehaust«, versuchte ich mich zu rechtfertigen. »Es hat mir nichts ausgemacht, im Gegenteil. Aber wenn man hart arbeiten muss und angemessen dafür bezahlt wird, wenn man zudem in einer Familie lebt, verschieben sich die Bedürfnisse.« Ronald zuckte mit den Achseln, ging aber nicht weiter darauf ein, worüber ich froh war.

Ich erinnerte mich daran, wie er in meine Wohngemeinschaft eingezogen war. Musik, Kleidung, die Art zu reden – ich wollte so sein wie er. Dann hatte ich einen Ferienjob in einer Werbeagentur angenommen. Um nicht unangenehm aufzufallen, musste ich ein Sakko tragen. Ich hatte es im Schlussverkauf zum halben Preis bekommen. Eine ganze Nacht lang musste ich mit Ronald und unserem dritten Wohngenossen darüber diskutieren, ob man als Anarchist ein Sakko tragen durfte oder nicht. Ich hatte zugeben müssen, mich angepasst zu haben, einzig und allein des schnöden Geldverdienens wegen.

Ich ging zur Anlage und legte, um den Akzent auf gemeinsame Ansichten und Vorlieben zu verlagern, *Kind of Blue* von Miles Davis in den Player, ein Album, das nach Ronalds damaliger Einschätzung die beste Jazzplatte aller Zeiten war. Er fing an, uns einen Joint zu bauen, und ich holte Bier aus dem Kühlschrank.

»Du hörst also immer noch Jazz«, sagte Ronald.

»Nicht nur. Jethro Tull, CCR und die Kinks zurzeit fast noch lieber«, gab ich zu.

Wir rauchten den ersten Joint und tranken Bier. Während ich den dänischen Mogensen-Sessel zum Sofa schob und mich setzte, stand Ronald auf und ging zum CD-Regal. Ich sah auf seinen Hinterkopf und fand, dass sein Haarschnitt irgendwie ehrlicher war als meiner. Er versuchte erst gar nicht, kahl gewordene Stellen zu kaschieren, sondern stellte sie geradezu brutal zur Schau. Ich sah, wie er eine CD von Led Zeppelin hervorzog und sie rasch wieder verschwinden ließ.

»Komischerweise höre ich die alten Sachen zurzeit am liebsten«, sagte ich. Ronald runzelte die Stirn. »Ich verstehe nicht, wie man sich mit dem verstaubten Kram noch beschäftigen kann. Und Jazz ist, verglichen mit dem, was heute in der Drum 'n' Bass- und Techno-Szene gespielt wird, Schnee von gestern.«

Er kramte in seinem Rucksack, zog eine CD hervor und legte sie in den Player. Im Prinzip hatte ich nichts gegen neue Popmusik. Im Auto hörte ich manchmal sogar die aktuellen Hits. Aber was Ronald mitgebracht hatte, war von einem anderen Kaliber. Hektisch und brachial dröhnte es aus der kleinen Kompaktanlage. Der industrielle Lärm in einer Maschinenfabrik klang im Vergleich dazu angenehm, und nach wenigen Takten ging mir der Krach unheimlich auf die Nerven.

Schon früher hatte Ronald ein obsessives Verhältnis zur Musik gehabt. Nicht nur auf den Feten, sondern Tag und Nacht hatte er vor seiner Anlage gehockt. Sein ganzes Geld hatte er in Schallplatten investiert. Er hatte sein Studium vernachlässigt, seine Jobs verloren und die Miete nicht mehr aufbringen können. Eines Tages saß er mit einem gigantischen Plattenarchiv auf der Straße, ohne einen Pfennig Geld in der Tasche. An seine Eltern wollte er sich nicht wenden, weil sie seiner Ansicht nach Spießer waren, die für ihn und seine Musik zu wenig Verständnis aufbrachten. Ich hatte ihn verstanden und dafür gesorgt, dass er vorübergehend und mietfrei in unserer Wohngemeinschaft unterkam, ein Zustand, der übrigens Jahre andauerte. Kaum war er bei uns eingezogen, hatte ich mich in seinen Wahn hineinziehen lassen. Ganze Nächte saß ich mit ihm herum. Ich lernte die Blue Notes von Miles Davis schätzen, wir dröhnten uns zu mit Krautrock von Can, bekamen Horrortrips bei der Zwölftonmusik Anton Weberns und schliefen ein mit der rauen, verzweifelten Stimme von Tom Waits.

Während Ronald eine neue Tüte baute, ging ich zur Anlage und stellte seinen Krach ab. Mir stand der Sinn nach klassischer Musik, und ich legte ein Brandenburgisches Konzert von Bach ein.

Nach kurzer Zeit unterbrach Ronald das Stück, um wieder eine von seinen mitgebrachten CDs zu hören. Nur wenig später legte ich eine von meinen Sachen auf. Alle paar Minuten lief nun eine andere CD, was mir auf den Wecker ging. Ich hatte keine Lust, mir diktieren zu lassen, welche Musik in meinem Wohnzimmer gespielt wurde.

Bald war Ronald total bekifft. Jedenfalls fing er an, wirres Zeug zu reden. Um den Abend zu retten, fragte ich ihn, was er in den letzten Jahren gemacht habe. Er ging aber nicht darauf ein, sondern zählte pausenlos angeblich unheimlich wichtige Musiker und Plattentitel auf, die ich nicht kannte. Es störte mich, wie er sich auf dem Sofa breitmachte, mit seinen schmutzigen Schuhen und dem vermutlich seit Tagen nicht mehr gewechselten T-Shirt.

Ich versuchte es mit einem anderen Thema. »Wenn ich mir heute die Jugendlichen ansehe und damit vergleiche, wie wir früher waren«, holte ich aus, »dann sehe ich einen angepassten Haufen ideenloser Konsumenten vor mir.«

Ronald schwieg und zog sich, während ich die gegenwärtige Jugendkultur analysierte, den vierten oder fünften Joint rein. Immer wieder warf er zusammenhanglos irgendwelche Gruppennamen und Plattentitel ein, schwärmte vom »Terror-Jazz« oder den »Techno-Gangstern«, Richtungen, von denen ich noch nie etwas gehört hatte. Schon die Cover seiner CDs fand ich abstoßend. Ich hatte einfach genug von seinem Kram.

»Ich kann und will deine Scheißmusik nicht mehr hören«, sagte ich, ging demonstrativ zum CD-Player und drückte die Stopptaste.

»Aber du mit deinem abgestandenen Gedudel«, sagte Ronald. »Du hast längst aufgehört, dich ernsthaft mit Musik auseinanderzusetzen, ist dir das eigentlich bewusst? Genauso, wie du aufgehört hast zu leben. Du bist ein seelisches Wrack, ein angepasster Lehrerschleimer. Du ziehst dir nur noch langweilige, alte Scheiben rein, umgibst dich mit deinem kleinkarierten Schnickschnack, fickst zweimal die Woche deine bessere Hälfte, liest wahrscheinlich regelmäßig mehrere provinzielle Tageszeitungen und hältst dich für einen aufgeklärten Weltbürger von Format. Weißt du, warum du deine Schüler hasst? Weil sie deine verkorksten Vorstellungen und musikalischen Geschmacksverirrungen nicht teilen.«

Ich sagte: »Du bildest dir vielleicht was ein auf deine bescheuerten Ansichten. Aber ich frage mich: Was ist daran so wichtig? Gut, als DJ verdienst du dein Geld eben mit Plattenauflegen. Aber was soll dieser ganze Kult? Du bist auch nicht mehr der Jüngste, mein Lieber, und du hast verdammt wenig erreicht. Schon damals bist du nicht klargekommen. Mann, du bist ein alter Sack geworden, führst dich aber auf wie ein Halbwüchsiger und verdienst immer noch kein richtiges Geld. Schau dich doch bloß mal an!«

Ich hatte ein Bild vor Augen: Ronald in einem heruntergekommenen Schuppen. Er machte Musik, umgeben von lauter Sechzehnjährigen, denen er vielleicht noch imponieren konnte.

»Du hast dich überhaupt nicht verändert«, sagte ich, »du bist und bleibst ein Dünnbrettbohrer, und dein affiges Musikgehabe ist nichts anderes als Hochstapelei.«

Ich hatte es gar nicht böse gemeint, ich hatte nur keine Lust, mich von ihm fertigmachen zu lassen. Er stand auf und ging zum Regal, zog einige CDs heraus und warf sie auf den Fußboden.

»In deinem verblendeten Bürgerhirn«, schrie er mich plötzlich an, »weißt du gar nicht mehr, was Musik einem

Menschen bedeuten kann. Wenn mal ein Gefühl in dir hochkommt, setzt du dich wahrscheinlich automatisch auf dein blödes Sofa, legst eine blöde Platte auf und versuchst, alles zu vergessen. Du merkst doch nichts mehr. Nimm mal deine Schüler: Um den Leistungsdruck aushalten zu können, mit dem du sie Tag für Tag konfrontierst, brauchen sie eine zeitgemäße, befreiende Musik. Ich geb dir einen guten Rat: Fick mal eine andere Frau und öffne dich neuen Erfahrungen, nicht nur in musikalischer Hinsicht, sondern auf der ganzen Linie.«

Ronald fing an durchzudrehen. Vermutlich machte er einen Horrortrip durch. Er schaffte es gerade noch, eine CD einzulegen.

Mir dröhnte es in den Ohren. Eine Weile hörte ich mir das an. Dann stand ich auf, packte ihn am Kragen und sagte:»Ich hätte nichts dagegen, wenn du endlich verduften würdest. Und lass bloß deine beknackten CDs nicht hier liegen!«

Ronald schlug meine Hände weg und schubste mich zurück.»Fass mich nicht an!«, drohte er.

Während ich Creedence Clearwater Revival auflegte, stieß er das CD-Regal um. Fast fünfhundert CDs fielen herunter, manche zerbrachen unter dem Aufprall der Regalbretter.

Ronald griff sich ein Brett und schlug damit auf den Player ein. Die Musik verstummte, und nun nahm er sich meine Bücher vor. Ich musste zur Seite springen, um nicht von meiner Thomas-Mann-Gesamtausgabe, vierundzwanzig Bände, erschlagen zu werden. Alles fiel zu Boden.

Ich fühlte mich hilflos und bedroht und griff zum Telefon. Ronald riss das Kabel aus der Buchse.»Das solltest du uns wirklich ersparen«, rief er. Er hatte Tränen in den Augen.

Ich hatte keine Ahnung, warum, aber auf einmal fing er an zu heulen. Ich wusste nicht, was ich mit ihm anstellen sollte. Fast eine halbe Stunde lang saß er zwischen den im ganzen Zimmer verteilten CDs und Büchern und weinte. Ich setzte mich aufs Sofa und schwieg in mich hinein.

Irgendwann stand er auf. Und dann ist er gegangen.

Verloren

Hi Dorothee! Ich bin's, Peter.

Du, ich muss dir etwas erklären. Ich habe schon versucht, dich anzurufen. Aber du bist nicht drangegangen.

Es gibt ein Problem mit der Kleinen. Ich hatte ja schon angedeutet, dass ich mit ihr nach Berlin fahren und einen alten Freund, David, besuchen wollte. Ich glaube, du kennst ihn gar nicht. Jedenfalls ist etwas Blödes passiert. Aber der Reihe nach.

Um Geld zu sparen, sind wir getrampt. Ich dachte, bevor ich in Bahntickets investiere, kaufe ich Valentina lieber ein paar Klamotten. Sie braucht dringend eine neue Hose, Schuhe ebenfalls. Sie fand die Idee auch gut.

Wir hatten uns von einem Bekannten zur Autobahnauffahrt bringen lassen. Valentina hatte Charlotte, ihre Puppe, dabei. Wie sie dastand, ihr Baby unterm Arm, das selbstgemalte Berlin-Schild in der Hand, in der anderen einen kleinen Koffer, den sie unbedingt selbst packen und mit auf die Reise nehmen wollte – sie sah unheimlich süß aus. Ich glaube, die Leute, die an uns vorbeifuhren, haben mich gar nicht wahrgenommen und hatten nur Augen für Valentina und ihr niedliches Milchzahngesicht. So schnell bin ich übrigens noch nie mitgenommen worden. Ein Pick-up hielt, und wir stiegen ein.

Während der Fahrt wackelte Valentina ständig an ihrem linken Schneidezahn. Plötzlich hielt sie ihn wie eine kleine Trophäe zwischen Daumen und Zeigefinger.

»Jetzt bin ich bald groß und kann für immer fortgehen«, sagte sie, kramte eine Streichholzschachtel, die sie offensichtlich in weiser Voraussicht eingesteckt hatte, aus der Hosentasche, um den Milchzahn darin aufzubewahren.

Ich war ein wenig verwundert über ihre Worte. Wie kommt ein sechsjähriges Mädchen auf die Idee, sich aus dem Staub machen zu wollen? Ich hielt es für besser, der Sache keine allzu große Bedeutung beizumessen. Kinder in ihrem Alter sprechen manchmal in Rätseln.

Der Pick-up brachte uns fast bis vor Davids Haustür. Mitten in Kreuzberg stiegen wir aus. David empfing uns herzlich, kochte Spaghetti, und wir konnten uns den Bauch vollschlagen. Ich hatte David schon eine Ewigkeit nicht mehr gesehen, erzählte ihm von uns und dass du mich verlassen hast. »Trotzdem«, sagte ich, »wir haben eine Tochter auf die Welt gebracht, und das ist unser großes Glück.«

Valentina musste gähnen. David musterte sie. Um sie aufzumuntern, sagte er: »Du bist ein richtig tolles Mädchen, weißt du das eigentlich!« Valentina zuckte mit den Achseln. »Ich will jetzt schlafen«, schmollte sie. Ich war auch müde.

Als wir mit unseren Sachen ein kleines Zimmer bezogen, fiel mir auf, dass Valentinas Puppe fehlte. »Wo hast du denn Charlotte gelassen?«

»In dem Auto von dem Mann, der uns mitgenommen hat«, sagte sie unaufgeregt.

»Hast du die Puppe vergessen?«, hakte ich nach. »Wir bekommen sie leider nie wieder, denn ich kenne den Mann nicht.«

Ohne eine Miene zu verziehen, erklärte sie: »Ich bin froh, dass ich die Puppe los bin.«

»Spinnst du!«, sagte ich gereizt. »Wieso lässt du Charlotte absichtlich liegen? Ich dachte, du magst sie.«

»Ich will nicht mehr Mutter-Kind spielen«, erwiderte sie und drehte sich von mir weg.

Ich war erstaunt und hatte keine Ahnung, was das zu bedeuten hatte. Noch nie habe ich Valentina so reden gehört. Verwirrt kroch ich in meinen Schlafsack.

Am nächsten Morgen sind wir dann mit der U-Bahn zum Prenzlauer Berg gefahren. Valentina bestand darauf, ihren aufgerollten Schlafsack, den sie sich mit einem Schnürband an die Schulter hängte, und ihren Koffer mitzunehmen.

»Willst du dein Gepäck wirklich die ganze Zeit mit dir herumschleppen?«, fragte ich.

»Ist doch meine Sache«, erwiderte sie.

Ich denke darüber nach, warum sich Valentina so aufmüpfig verhält. Was hast du mit ihr angestellt in der vergangenen Woche, als du sie hattest? Vielleicht war es doch nicht so eine gute Idee, dass wir sie abwechselnd wochenweise betreuen. Das bringt ihren Lebensrhythmus durcheinander. Und dann dieser fremde Mann. Vielleicht wäre es am besten, wenn sie vorläufig hauptsächlich bei mir wohnen würde. Ich habe mir einen neuen Job gesucht, bei dem ich das meiste von zu Hause aus erledigen kann. Ich würde mich rund um die Uhr um Valentina kümmern, sie morgens in den Kindergarten bringen und nachmittags wieder abholen. Ich vermute, das ständige Hin- und Herpendeln zwischen unseren Wohnungen bekommt ihr nicht gut, und sie fängt an, sich gegen uns aufzulehnen. Okay, wenn sie dreizehn, vierzehn wäre. Aber mit sechs?

Sieht man einmal von ihren Trotzanfällen ab, lief es beim Shoppen ganz gut. Eine passende schöne Hose war schnell gefunden. Valentina wollte nicht, dass ich etwas für sie trage, und bestand darauf, die neue Hose in den Koffer zu ihren anderen Sachen zu verstauen. Ansonsten verhielt sie sich relativ normal, und wir schlenderten zum nächsten Laden. Die neuen Schuhe mussten ebenfalls in ihren kleinen Koffer gestopft werden. Ich versuchte noch, sie davon abzubringen. Aber sie ließ sich partout nicht belehren und stampfte mit den Füßen auf den Boden, bis ich nachgab.

Als wir den Schuhladen verließen, wollte ich sie an die Hand nehmen. In der Stadt war viel Betrieb, und man konnte sich schnell verlieren. Sie wurde pampig und raunzte mich an: »Lass mich, ich kann alleine gehen!«

Ich versuchte, sie festzuhalten. Aber sie riss sich los.

Ich ging mit ihr zu einem Kiosk, wollte mir Zigaretten kaufen und ließ sie kurz aus den Augen. Nachdem ich bezahlt hatte, war sie nicht mehr da. Ein Schrecken fuhr mir durch die Glieder. Ich drehte mich um und entdeckte sie ein paar Meter weiter an einem Eisstand. Ich sah, wie sie ihr kleines Portemonnaie aus der Hosentasche zog und dem Eisverkäufer einen Zwanzig-Euro-Schein in die Hand drückte.

»Woher hast du so viel Geld?«, stellte ich sie zur Rede.

»Von Mama«, gab sie zurück. »Ich habe noch viel mehr.«

»Und warum haust du einfach ab, ohne ein Wort zu sagen?«

»Man wird sich ja wohl noch ein Eis kaufen dürfen. Außerdem bin ich kein Baby mehr und kann selbst auf mich aufpassen.«

Ich wollte nicht, dass es Ärger gibt, und beließ es dabei. Du weißt ja selbst, wie zickig sie manchmal sein kann. Ich dachte, es wäre das Beste, wenn sie sich erst mal abregt.

Allerdings frage ich mich, warum du der Kleinen so viel Taschengeld mitgegeben hast? Glaubst du allen Ernstes, dass sie sich bestechen lässt und irgendwann komplett zu dir ziehen möchte, nur weil du sie mit Geld köderst? Gib es zu: Du und Georges, ihr wollt Valentina für euch haben, damit ihr so etwas darstellt wie eine ordentliche Familie.

Mir erzählst du immer, du seist knapp bei Kasse. Offenbar ist der frisch gebackene Vorzeigepapa, den du dir geangelt hast, dermaßen vermögend, dass er mit Geld nur so um sich wirft. Ich verstehe jedenfalls nicht, wozu ein sechsjähriges Mädchen hundert Euro in der Tasche haben sollte. War das seine Idee? Weil er davon überzeugt ist, dass ich nicht im Stande bin, selbst für meine Tochter aufzukommen? Wer kauft Valentina denn ständig neue Anziehsachen?

Für den Nachmittag hatte ich mich und Valentina mit meiner Schwester Jeanette verabredet. Sie arbeitet in Marzahn als Pädagogin in einem Wohnprojekt für Jugendliche. Diese freuten sich, Besuch von einem kleinen Mädchen zu bekommen, und schäkerten mit ihr herum. Vor allem zwei vierzehn-, fünfzehnjährige Teenies konnten offenbar nicht genug von Valentina bekommen. Sie gingen mit ihr nach draußen zum Spielen.

Ich unterhielt mich mit Jeanette über dies und das, berichtete ihr von unseren Schwierigkeiten. Ich warf die Frage auf, ob es vielleicht einfacher gewesen wäre, wenn wir Valentina nicht bekommen hätten. Wir waren noch sehr jung. Frei von Elternpflichten hätte sich unsere Beziehung anders entwickeln können. Womöglich hätte ich mein Studium abgeschlossen. Die alten Geschichten gingen mir durch den Kopf, und ich gestand Jeanette, dass wir in den ersten Wochen der Schwangerschaft sogar kurz in Erwägung gezogen hatten, eine Abtreibung vorzunehmen.

Ich hatte nicht bemerkt, dass Valentina wieder hereingekommen war. Plötzlich stand sie hinter mir. »Na, ziehst du wieder über mich und Mama her?«

»Tu ich doch gar nicht.«

»Tust du wohl! Ich habe alles verstanden, worüber ihr gesprochen habt!«

43

Ihre Lippen zitterten, und sie war den Tränen nahe. Ich wollte sie in den Arm nehmen. Sie sträubte sich.

Eines der Mädchen, die mit Valentina draußen gespielt hatte und mit ihr zurückgekehrt war, mischte sich ein. »Kommt mir ziemlich bekannt vor, was sich hier gerade abspielt«, holte sie aus. »Und wenn ich an Ihrer Stelle wäre, würde ich gut auf meine Tochter aufpassen. Sonst wird sie eines Tages unsere Mitbewohnerin.«

Ich fühlte mich ertappt und zugleich ungerecht beurteilt. Ich gebe mir alle Mühe, Valentina gut zu erziehen. Bestimmt mache ich nicht alles richtig. Aber dir unterlaufen auch Fehler. Du hättest mich nicht verlassen dürfen, Dorothee, das war zum Beispiel ein großer Fehler. Aber ich will nicht wieder davon anfangen, es hat ja sowieso keinen Sinn.

»Ich möchte gehen«, sagte Valentina, nachdem meine Schwester die beiden Mädchen auf ihre Zimmer geschickt hatte. Wir verabschiedeten uns.

Draußen war es inzwischen dunkel geworden. Schweigend liefen wir nebeneinander her. Ich war traurig, und ich glaube, Valentina auch. Ich bot ihr an, den Koffer und den Schlafsack für sie zu tragen. »Ich komm schon alleine klar«, sagte sie.

Eine Frage lag mir auf der Brust: »Mal ganz ehrlich, wärst du jetzt lieber bei der Mama und nicht mit mir in Berlin?«

Valentina sah mich kurz mit großen Augen an. Dann wandte sie ihren Blick von mir ab und schien sich mögliche Antworten durch den Kopf gehen zu lassen. Schließlich sagte sie leise: »Am liebsten wäre ich bei keinem von euch beiden.«

Ich wusste darauf nichts zu erwidern, fühlte mich hilflos und fing an, mir Vorwürfe zu machen. War ich überhaupt in der Lage, Verantwortung zu übernehmen? Oder war ich ein Versager, der, wenn es um die wirklich wichtigen Dinge im Leben ging, nichts auf die Reihe bekam? Solche und viele andere Gedanken gingen mir durch den Kopf. Ich war nur noch mit mir selbst beschäftigt und achtete nicht sonderlich auf Valentina.

»Warte mal, Papa will sich noch eine Zigarette anzünden, bevor wir bei David angekommen sind«, hörte ich mich sagen und blieb stehen. Mein Feuerzeug funktionierte nicht mehr so gut. Ich musste mehrmals an dem Rädchen drehen, bevor es aufflammte. Und dann traf es mich wie ein Schlag: Valentina war verschwunden.

Bei David und auch im Wohnprojekt meiner Schwester war sie nicht. Stundenlang habe ich nach ihr gesucht, bin die Straßen herauf und herunter gerannt, habe immer wieder nach ihr gerufen. Nichts. Keine Spur. Ich war kurz davor, mich an die Polizei zu wenden und eine Vermisstenanzeige aufgeben. Nach längerem Abwägen entschied ich mich jedoch dagegen. Ich dachte: Wenn ich die Polizei einschalte, machen sie eine Meldung ans Jugendamt. Dann schauen Sozialarbeiter bei mir und dir vorbei und kontrollieren, ob Valentina in geordneten Verhältnissen aufwächst. Wenn wir Pech haben, nehmen sie uns die Kleine weg. So etwas geht heute sehr schnell, und ehe wir uns versehen, sind wir unsere Tochter los.

Ich denke, wir warten noch ab bis morgen. Oder sollen wir doch lieber sofort eine Vermisstenanzeige aufgeben? Was meinst du? Bitte melde dich schnell, damit wir es gemeinsam entscheiden können.

Liebe Grüße
Peter

Sochlers Hochzeit

Vom Weiß der Tischdecke geblendet, hob Sochler den Kopf und ließ seinen Blick in die Ferne schweifen. Die Luft schien zu zittern. In verblassten, unscharfen Konturen schimmerten im Hintergrund die Berghänge. Er lockerte vorsichtig die Krawatte und öffnete den Knopf seines Hemdkragens. Mit einem Taschentuch wischte er sich den Schweiß aus dem Gesicht. Um seine Beklemmung zu überspielen, strich er die Ärmel seiner Anzugjacke glatt. Aufgewühlt schaute er in die Runde.

Er befand sich inmitten einer großen Tischgesellschaft, unter freiem Himmel auf einer Wiese. Rechts von ihm saß seine Braut, die einen Schleier trug. Sie hatte sich von ihm abgewendet und sprach mit einem glatzköpfigen Mann, den Sochler nicht kannte. Wie die beiden hatten auch die übrigen Gäste ihre Köpfe zusammengesteckt und waren in Gespräche vertieft. Sochler verstand kein Wort davon, und ein zusammenhangloses Stimmengewirr drang auf ihn ein.

Links von ihm saß der Vater. Mit Tränen in den Augen starrte er vor sich hin. Er wollte nur noch die Trauung miterleben, um endlich sterben zu können. Die Gäste waren zu zwei Anlässen erschienen, zu einer Hochzeit und einer Trauerfeier.

Sochler musterte den schwarzen Stoff seines Anzugs. War es nicht sonderbar, dass er zu beiden Anlässen die gleiche Kleidung tragen konnte? »Wo bleibt der Pfarrer?«, redete er vor sich hin.

»Keine Sorge, er wird schon rechtzeitig kommen«, flüsterte der Vater, und schwer atmend fügte er hinzu: »Es dauert ja nicht mehr lange, mein Junge, dann werden wir beide, jeder auf seine Weise, vereint sein.«

Sochler sah zu seiner Braut, die sich noch immer mit dem Glatzkopf unterhielt. Wie dieser Mann erschien ihm auch seine zukünftige Frau wenig vertraut, ja, er hatte den Eindruck, neben einer fremden Person zu sitzen. Woher kannte er sie, fragte er sich. Und wie lange waren sie schon ein Liebespaar?

Der Vater wendete sich ab und sah in das Geäst eines Obstbaums. Sein Blick heftete sich an einen etwas unförmig geratenen Ast. Auch Sochler schaute nun genauer dorthin. Je länger er sich auf diesen Punkt konzentrierte, desto klarer zeichneten sich die Umrisse eines Tieres ab. Es war etwa dreißig, vierzig Zentimeter lang und hatte einen grünlichen Schuppenpanzer, der in einen langen, hässlichen Schwanz überging. Umgeben von Zweigen und Blättern war das Tier kaum auszumachen. Lediglich das entblößte, leicht vorstehende Gebiss mit den spitzen Zähnen fiel ins Auge.

Ehe Sochler sich besinnen oder gar etwas unternehmen konnte, richtete sich das Tier auf und stürzte auf den Vater zu. Dieser konnte im letzten Moment ausweichen, und mit einem dumpfen Aufprall landete das Tier auf dem Tisch. Seine letzten Kräfte aufbietend, packte es der Vater, wickelte um dessen Kopf und Vorderbeine eine Serviette und verknotete sie. Im Nu lag es gefesselt auf dem Rücken und strampelte hilflos mit den Hinterbeinen.

Der Vater atmete schwer und rang nach Luft. Die Todesschwäche, die in seinem kranken Körper wohnte, hatte wieder die Oberhand gewonnen. »Bitte beeilen Sie sich«, flüsterte er eindringlich, als endlich der Pfarrer eintraf.

Sochler überlegte, ob er nicht zuerst das Tier töten sollte. Messer, mit denen man der grässlichen Kreatur zu Leibe rücken konnte, lagen zur Genüge auf dem Tisch. Der Vater schüttelte aber den Kopf, und Sochler hielt sich zurück.

Nervös begann er, in seinen Hosentaschen nach den Eheringen zu suchen. Die Gäste, denen der scheußliche Vorfall offenbar entgangen war, beendeten ihre Gespräche. Auch seine Braut schaute ihn nun an. Ihr Blick verriet weder Freude noch Trauer und wirkte fast unterkühlt. Sochler fand darin etwas, das ihm gefiel. Ihr makelloses Gesicht unter dem Schleier, die leicht aufgeworfenen Lippen, die blauen Augen – sie war unnahbar und zugleich begehrenswert.

Endlich fand er die Ringe. Während der Pfarrer sie auf ein silbernes Tablett legte und die Zeremonie vorbereitete, schweiften Sochlers Gedanken ab. Abstruse Bilder drängten auf ihn ein.

Er lag neben seiner Braut im Gras. Sie waren nackt und fingen an, sich zu umarmen und zu küssen. Er streichelte ihre Brüste, ließ seine Hand den Rücken entlanggleiten, bis er bemerkte, dass sich ihr Leib aufblähte. Er löste sich aus der Umarmung, drehte sich zur Seite und sah, dass sie einen runden und dicken Bauch bekommen hatte. Sie war hochschwanger. Die Wehen hatten schon eingesetzt. Sie spreizte die Beine und gebar, hastig atmend und pressend, einen Säugling.

Als Sochler spürte, wie ihm der Ring aufgesteckt wurde, verschwanden die Bilder, und er befand sich wieder inmitten der Tischgesellschaft. Er glaubte, einen Hauch von Glück zu empfinden, nicht nur für sich selbst, sondern vor allem für seinen Vater, der, obwohl immer noch um ein paar Minuten Leben ringend, eine gewisse Zufriedenheit ausstrahlte. Sein langer Todeskampf war nicht vergeblich gewesen, und er durfte erleben, wie die Trauung vollzogen wurde.

Sochler gab seiner Frau einen flüchtigen Kuss, der von den Gästen beklatscht wurde. Der Pfarrer ging zum Vater, stellte sich neben ihn und sprach ein Gebet. Andächtig faltete der Vater die Hände. Als der Pfarrer sich zu ihm beugte, legte er unverständlich murmelnd eine Beichte ab und dankte Gott für ein erfülltes Leben. Noch einmal schaute er zu Sochler, wobei ihm eine Träne über die Wange lief. Dann sah er auf den Tisch. Seine zitternden Hände wanderten zu dem Reptil, das noch immer gefesselt dalag und mit den Hinterbeinen zappelte. Langsam löste er den Knoten der Serviette. Das Reptil hielt einen Moment inne. Sich auf den Bauch drehend, stellte es sich auf die kurzen Beine und hob den Kopf. Aus hervorstehenden Augen fixierte es den Vater, öffnete das Maul und sprang ihn an.

Ohne Gegenwehr ließ es der Vater geschehen, dass ihn die furchtbare Kreatur in den Hals biss. Sochler saß steif auf dem Stuhl, unfähig, irgendetwas zu unternehmen. Das Tier schnappte ein weiteres Mal zu. Der Vater hatte die Augen aufgerissen und begann zu röcheln, während eine Wespe in Sochlers Blickfeld flog. Immer näher kam sie auf ihn zu, bis er sie ganz dicht vor Augen hatte. Für einen Moment schien der gelb-schwarz gestreifte Leib in der Luft zu stehen, so dass Sochler nichts anderes mehr wahrnahm als das rasende Schwirren der kleinen, fast durchsichtigen Flügel.

Die Wespe drehte einige Runden um seinen Kopf und brachte alles ins Rotieren. Als ob die Erde aus der Bahn geraten wäre, wurde er von einem heftigen Schwindelgefühl erfasst. Die Welt um ihn herum stürzte zusammen und verschwamm zu einem diffusen Farbgemisch. Zerschnittene Zitronenscheiben jagten ihm über die Netzhaut, verzerrte Formen und grelle Farben wirbelten durcheinander, begleitet von einem Brummton, der ihm wie Hubschraubergeräusche in den Ohren dröhnte. Endlich schlug die Wespe einen neuen Kurs ein. Sie flog dem Tisch entgegen und landete auf einer Kirschtorte.

Den Vater durchfuhr ein Zucken. Sochler blickte sehnsuchtsvoll in den Himmel. Die Sonne stach ihm in die Augen, es wurde ungemein hell, und er dachte: »Es ist das gleiche Licht, das der sterbende Vater sieht.«

Dann hörte Sochler einen Schrei. Erschüttert fuhr er hoch, und mit einem Mal saß er aufrecht im Bett. Er befand sich in seinem Zimmer und blickte auf den Wecker. Wenn er rechtzeitig zu der Beerdigung anreisen wollte, musste er unverzüglich aufstehen. Seufzend ließ er sich noch einmal zurückfallen.

Vor einigen Tagen hatte er die Nachricht vom Tod des Vaters erhalten. Seitdem ging ihm die bevorstehende Beerdigung nicht mehr aus dem Kopf. Immer wieder stellte er sich vor, wie weiße Handschuhe den schweren Sarg mit Seilen langsam in die tiefe, dunkle Grube hinabsenkten.

In seiner Kindheit war Sochler von seinem Vater oft verhauen worden. Als Jugendlicher hatte er sich das nicht mehr gefallen lassen und zurückgeschlagen. Noch vor seinem achtzehnten Lebensjahr war er von zu Hause ausgezogen. Und als seine Mutter verstarb, brach er jeden Kontakt zum Vater ab.

Obwohl er nichts mehr mit ihm zu tun hatte, quälte ihn manchmal das schlechte Gewissen. War nicht längst Gras über die alten Geschichten gewachsen? Warum konnte er die Dinge nicht auf sich beruhen lassen und versuchen, sich mit seinem Vater zu versöhnen? Nun war es zu spät.

Einen Augenblick zweifelte er, ob er überhaupt an der Beisetzung teilnehmen sollte. Musste er einem Menschen die letzte Ehre erweisen, von dem er sich völlig entfremdet hatte? Eigentlich hatte er dort nichts verloren. Aber eine andere Stimme in ihm machte sich bemerkbar: »Natürlich gehst du da hin! Schlimm genug, dass du dich nicht um den alten kranken Mann gekümmert hast.«

Widerwillig raffte Sochler sich auf. Er öffnete den Kleiderschrank, nahm seinen einzigen Anzug und das weiße Oberhemd heraus. Die Sachen hatte er schon eine Ewigkeit nicht mehr getragen. Der Stoff sah eingestaubt aus, und das Hemd war vergilbt.

Um sich abzulenken, schaltete Sochler den Fernseher ein. Eine Nachrichtensprecherin berichtete von furchtbaren Ereignissen. Sochler wollte es nicht hören und drückte den Ton weg.

Er musterte die Frau, die er schon oft gesehen hatte. Mit einem Mal gefiel ihm ihre unaufgeregte, seriöse Art, mit der sie die grausamen Meldungen präsentierte. Sie hatte weiche Gesichtszüge, blaue Augen und einen schönen Mund.

Er sah nur noch diese Frau. Während sie ihn ihrerseits aus dem Fernseher anzublicken schien, fiel es ihm plötzlich wie Schuppen von den Augen: Die Nachrichtensprecherin war die Braut aus seinem Traum.

Als die Sendung zu Ende war und sie von der Bildfläche verschwand, musste Sochler an die Beerdigung denken. Er schaute auf die Uhr. Traurig ließ er den Kopf sinken, vergrub das Gesicht in den Händen und stellte fest, dass er spät dran war.

II.
Hirngespinste

Tigermücke

Traurig stand Fabian Heller am Fenster. Er hatte sich, von Rückenschmerzen geplagt, aus dem Bett gequält, nach drei, höchstens vier Stunden Schlaf. Noch im Morgenmantel nahm er einen Schluck Kaffee und blickte in den wolkenverhangenen Himmel. Hier und da blitzten Sonnenstrahlen auf und versetzten seinen Augen grelle Stiche.

Die Bürgersteige waren leer. Hin und wieder bog ein Auto um die Ecke, fast die einzigen Lebenszeichen in der ausgestorben wirkenden Stadt. Wie dunkle, halbdurchsichtige Tücher hingen Insektenschwärme in der Luft, Ausdruck der seit Wochen herrschenden Moskitoplage.

Zu den gefürchtetsten Arten gehörte die asiatische Tigermücke. Sie war tagaktiv, unternahm ihre Beutezüge vor allem in den Morgen- und Abendstunden und übertrug Dengue, Zika oder Chikungunya, gefährliche Erreger, gegen die es keine zuverlässigen Impfstoffe gab. Die Krankenhäuser waren überfüllt mit Patienten, die durch Mückenstiche infiziert worden waren. Vielfach führten die Erkrankungen zum Tod. Um die Ansteckungsgefahr zu senken, war das gesellschaftliche Leben tagsüber heruntergefahren und, soweit möglich, in die Nachtstunden verlegt worden.

Wie viele andere Bewohner der Stadt hatte Heller gegen dreiundzwanzig Uhr das Haus verlassen. Eine Weile war er allein und ziellos umhergestreift. Ein Erlebnis hatte ihn schockiert. In einer Gasse war ihm ein Mann begegnet, der urplötzlich und offenbar grundlos stehen blieb, keine fünf Meter von ihm entfernt. Zunächst glaubte Heller, der Mann würde nur zum Gähnen seinen Mund öffnen. Doch dann beobachtete er, wie der Mann den Kopf nach vorn streckte, raunende Geräusche von sich gab und mit den Zähnen zu fletschen begann wie ein wildes, unberechenbares Tier. Abwechselnd verschwanden seine Pupillen in den Augenhöhlen, oder sie starrten begierig zu Heller herüber. Der Mann hatte Schaum an den Lippen. Speichel tropfte ihm aus den Mundwinkeln. Seine Hände verkrampften sich, als wollten sie etwas zerreißen. Fast hätte man meinen können, einen Tollwütigen vor sich zu haben, doch schließlich gelang es ihm, sein abnormes Verhalten unter Kontrolle zu bringen. Geradezu freundlich sah er Heller an, schlug seinen Mantelkragen hoch und lief, als wäre nichts Außergewöhnliches vorgefallen, wortlos an ihm vorbei.

Nach dem Vorfall hatte Heller vergessen einzukaufen. Er war Hals über Kopf nach Hause geeilt, hatte sich irgendwann, von der Aufregung vollkommen erschöpft, schlafen gelegt. Nachdem er aufgestanden war, konnte er nicht frühstücken. Seine Motivation, sich mit leerem Magen in die provisorisch eingerichtete Homeoffice-Ecke zu setzen, hatte einen absoluten Tiefpunkt erreicht.

Er nahm sein Smartphone und meldete sich bei einer Freundin. »Ach, du bist es nur«, sagte sie kühl. »Wie geht's dir?« Ohne eine Antwort von ihm abzuwarten, erklärte sie, gerade bis über beide Ohren in Arbeit zu stecken. »Aus unserer Verabredung wird leider nichts, mein Lieber, nicht einmal für eine oder zwei Stunden kann ich mir freinehmen, um mit dir eine Tasse Kaffee zu trinken.« Während der Rest der Welt im Lockdown verharrte, konnte sie sich angeblich vor Verpflichtungen kaum retten.

Einmal mehr war Heller auf sich selbst zurückgeworfen. Er hockte in seiner Wohnung wie in einem Käfig, beschäftigt mit Herumsitzen und Nichtstun. Um die Zeit totzuschlagen, zappte er mit dem Smartphone durch die

Nachrichtenportale, nahm zur Kenntnis, dass auf allen Plattformen über das Gleiche, über die Mückenplage, berichtet und diskutiert wurde. Heller wollte sich schon wieder abwenden, weil er keine Lust mehr dazu hatte, sich mit dem Thema zu befassen, da wurde seine Aufmerksamkeit auf eine aktuelle Meldung gelenkt.

»In der Nacht ist es während der Ausgangsstunden wiederholt zu gewalttätigen Vorfällen gekommen«, erklärte ein Reporter. Da keine Aufnahmen von den Ereignissen existierten, musste man sich mit den Schilderungen der Augenzeugen begnügen. Man erfuhr, dass mehrere Passanten auf offener Straße ohne ersichtlichen Grund angegriffen und gebissen worden waren. Die Polizei tappte im Dunkeln. »Alle Täter sind flüchtig«, sagte ein Sprecher in die laufenden Kameras. »Zu ihren Motiven und ihrer Identität können wir noch keinerlei Angaben machen.« Der Bericht endete mit der Aufforderung, alle verdächtigen Vorkommnisse unweigerlich zu melden. Der Appell richtete sich auch an die flüchtigen Täter, denen man keine böse Absichten unterstellen wollte, solange die Ursachen ungeklärt waren.

Natürlich dachte Heller sofort an den Mann mit den tollwutartigen Symptomen, dem er begegnet war. Nicht viel hatte gefehlt, und er selbst wäre Opfer einer dieser mysteriösen Beißattacken geworden.

Kaum war die Nachricht in Umlauf, meldeten sich Blogger zu Wort und sprachen von einem neuen Virus, das die Welt erschütterte. Verschwörungstheoretiker gaben, je nach ideologischer Ausrichtung, russischen Geheimdiensten oder mächtigen amerikanischen Softwareherstellern die Schuld, während linke Aktivisten behaupteten, das vermeintliche Virus stamme aus militärischen Laboren, die mit biologischen Kampfwaffen experimentierten.

Heller legte das Smartphone weg, erhob sich und wandte seinen Blick nach draußen, wo er in geringer Entfernung einen Insektenschwarm ausmachte. Er beobachtete, kaum war er näher ans Fenster getreten, wie eine Mücke den Schwarm verließ und auf ihn zuflog. Es schien so, als hätte sie ihn auserwählt und bewusst ins Visier genommen. Sie landete vor seinem Kopf auf der Scheibe, setzte ihre dünnen Beinchen auf die Glasfläche, die Heller und die Mücke voneinander trennte. Ein kleines Stück krabbelte sie noch aufwärts, so dass sie ihr Gegenüber mit den winzigen Facettenaugen besser fixieren konnte. Heller kam es so vor, als wollte sie sagen: »Du kannst ruhig das Fenster öffnen, denn bald bekomme ich dich sowieso!«

Es handelte sich um ein ausgewachsenes, ungefähr zehn Millimeter großes Exemplar der asiatischen Tigermücke. Man erkannte sie an ihren weißen Streifen, die sich über ihren gesamten Körper verteilten. Auch an den Beinen trug sie diese Streifen, die an Ringelsöckchen erinnerten. Am Kopf verlief in der Mitte eine silbrige Linie, die sich an der Brust fortsetzte. Der Stechrüssel war dunkel gefärbt. Ihr Hinterleib war rot, gefüllt mit Blut. Sie hatte also mindestens schon einen Wirt gehabt. Gesättigt war sie jedoch vermutlich noch nicht. Tigermoskitos suchten sich zum Stechen wache Säugetiere, gerne Menschen. Wenn diese sich zur Wehr setzten, mussten die Mücken ihre begonnene Mahlzeit abbrechen, ohne bereits genügend Blut für die Ernährung ihrer Eier aufgenommen zu haben. Folglich brauchten sie neue Opfer.

»Das könnte dir so passen, kleines Miststück«, bemerkte Heller, als ob er mit dem Insekt kommunizieren könnte. Obwohl es keine Ohren, sondern lediglich Sinneshärchen an den Antennen besaß, hatte es ein feines Gehör. Er hatte gelesen, dass die Mücke in der Lage war, aus zehn Metern

Entfernung Flügelschläge potenzieller Partner wahrzunehmen. Ihr Hörspektrum lag im Bereich menschlicher Sprechfrequenzen, und sie konnte ihn mit Sicherheit verstehen.

»Verschwinde endlich!«, forderte er sie auf. Um seinen Worten Nachdruck zu verleihen, klopfte er gegen die Fensterscheibe. Unbeeindruckt blieb die Mücke an der Stelle kleben. Wegen der verdammten Viecher durfte er kaum noch das Haus verlassen, seine Freunde wandten sich von ihm ab, und er verlor jede Lust, irgendetwas Sinnvolles zu unternehmen.

Um seinem Ärger Luft zu verschaffen, schlug Heller so heftig mit der Faust gegen die Scheibe, dass es weh tat. Er hielt sich die Hand, während die Mücke keine Anstalten machte, sich zu verziehen. Sie schien alle Zeit der Welt zu haben und auszuharren, bis sich die Situation zu ihren Gunsten veränderte.

Hatten die rotierenden Blätter seines Ventilators die Mücke angelockt? Ahnte sie, dass es bereits morgens so unerträglich heiß in der Wohnung wurde, dass es nur noch eine Frage der Zeit war, bis dem Bewohner der Kragen platzte und er das Fenster öffnete, um frische Luft hereinzulassen?

Wie ein gieriges Monstrum fixierte die Mücke Heller. Es war ein Weibchen, zu erkennen an den weniger buschigen Fühlern und den im Verhältnis zum Stechrüssel kürzeren Palpen. Die Männchen waren etwas kleiner und harmlos, da nur die Weibchen Blut saugten, das sie für die Bildung ihrer Eier benötigten.

»Was glotzt du mich so an!«, hörte Heller sich rufen. »Bist du scharf auf meinen Saft? Damit du deine teuflische Brut, die du in deinen stinkenden Kadavern trägst, endlich ausbrüten kannst!«

Heller erschrak über seine eigenen Worte. Beleidigende und vulgäre Äußerungen dieser Art waren ihm eigentlich fremd, auch wenn sie sich nur auf ein kleines Tierchen bezogen.

Die Mücke zeigte nicht die leiseste Reaktion. Ihr ignorantes Verhalten setzte Heller weiter zu, und er geriet in Rage. »Am liebsten würde ich dich hereinlassen!«, kreischte er wütend. »Dann bräuchte ich deinen abstoßenden Anblick nicht länger zu ertragen und könnte dich endlich töten!« Noch einmal boxte er gegen das Fenster. Viel hätte nicht gefehlt, und das Glas wäre zerbrochen. »Glaubst du denn im Ernst, dass ich mich von dir terrorisieren lasse?«, schrie er die Mücke an.

Um zu demonstrieren, was sie von Heller hielt, wie närrisch und naiv sie ihn fand, hob sie ganz leicht ihren Kopf. Indem sie, ohne ihr Opfer aus den Augen zu lassen, sachte ihren Stechrüssel bewegte, brachte sie zum Ausdruck, allzeit bereit zu sein für einen Kampf.

»Na schön, das kannst du haben!« Hellers Hand schoss zum Fenstergriff, drehte ihn herum und riss den Fensterflügel auf. Die Mücke setzte, als hätte sie nur auf diese Gelegenheit gewartet, ihre beinahe unsichtbaren Flügelchen in Bewegung und schwirrte ins Zimmer. Erschrocken über seinen Leichtsinn und um nicht noch weiteren Eindringlingen Tür und Tor zu öffnen, machte Heller das Fenster rasch wieder zu. Er blickte sich um. Die Mücke schien sich in Luft aufgelöst zu haben.

Er hatte keine Ahnung, in welchen uneinsehbaren Winkel sie sich verzogen haben mochte. Sein geräumiges Wohn- und Arbeitszimmer war vollgestellt mit Möbeln und bot einer so winzigen Kreatur unzählige Verstecke. Er würde einfach abwarten müssen, bis er das helle Summen hörte. Irgendwann würde die Mücke sich nähern und landen, auf irgendeiner unbedeckten Stelle seines Körpers, am Hals, im Nacken, an der Wange oder auf der

Stirn. Selbst wenn sie zum Blutsaugen eine seiner beiden Hände wählte, konnte ihn das nicht daran hindern, genau in dem Augenblick, in dem sie zum Stechen ansetzte, mit der anderen Hand unbarmherzig zuzuschlagen.

Er brauchte nicht lange zu lauschen. Surrend näherte sie sich. Ganz ruhig blieb er sitzen, als bemerkte er ihren Anflug nicht. Er spürte ihre feinen Beinchen. Etwa eine halbe Sekunde ließ er, leise den Arm ausholend, verstreichen, dann klatschte er sich mit voller Wucht in den Nacken. »Autsch!«, stieß er noch aus, da hatte er wieder ihr nervtötendes Geräusch in den Ohren, mit dem sie sich entfernte. Er sprang auf, drehte sich um und sah, wie die Mücke zum Bücherregal flüchtete und im obersten Fach verschwand.

Heller lebte in einem Altbau, die Decken waren fast vier Meter hoch. Um die obersten Regalbretter zu erreichen, musste er auf einen Stuhl steigen. »Komm raus, du gottverfluchtes Ungetüm! Ich krieg dich sowieso«, flüsterte er. Besessen von der Notwendigkeit, die Mücke zu erwischen, zog er, je nachdem, wo er sie gerade vermutete, Aktenordner aus dem Regal und ließ sie achtlos fallen. Ein schwerer Ordner nach dem anderen ging krachend zu Boden. Hatte er ein Fach leergeräumt, knöpfte er sich systematisch das nächste vor.

Plötzlich vernahm er die Mücke, die offenbar zu feige war, den Kampf von Angesicht zu Angesicht aufzunehmen, aus dem Hinterhalt. Er wandte sich abrupt um, während die Mücke auf und ab schwirrte, immer wieder angriff und sich zugleich entfernte. Heller wirbelte mit seinen Armen umher, unter ihm ruckelte der Stuhl von einem Bein aufs andere.

Er versuchte, seine Widersacherin in eine Falle zu locken, indem er sie aufscheuchte und gleichzeitig in die Hände klatschte, damit sie genau im passenden Moment zwischen die Handflächen flog und er sie auf diese Weise erwischte. Aber die Mücke fiel darauf nicht herein. Sie verzog sich stets an einen anderen Ort, wo er sie nicht treffen konnte. Um sie nicht aus den Augen zu verlieren, drehte Heller sich hastig um die eigene Achse. Der Stuhl unter ihm wackelte heftig, er verlor das Gleichgewicht und stürzte hin.

Er landete mit dem Hinterkopf auf den Dielen, blieb benommen liegen, nur für einen Moment. Die Mücke ließ sich Zeit. Um sich ein Bild von der Situation zu machen, kreiste sie summend über seinem Gesicht. Schließlich ließ sie sich auf der Wange nieder. Ihr Surren verstummte, und Heller glaubte zu spüren, wie sie ihren Stechrüssel ansetzte. Seine letzten Kräfte aufbietend, hob er den Arm und schlug zu.

Er zuckte zusammen, richtete langsam den Oberkörper auf. Auf dem Boden sitzend betrachtete er seine Finger. An einem klebte Blut. Als er die Stelle genauer untersuchte, entdeckte er den zerquetschten Körper der Mücke.

Er stand auf und trat ins Bad. Besorgt blickte er in den Spiegel und betrachtete die Wange. Sie war von dem heftigen Schlag mit der flachen Hand noch gerötet. Die Stelle eingehend untersuchend, entdeckte er das winzige Einstichloch.

»Mist! Habe ich mir was geholt?«, schoss es ihm durch den Kopf.

Er begann zu schwitzen. Sein Mund zog sich zusammen, erhöhte Speichelbildung setzte ein. Ein schmerzvoller Strom pulsierte durch die Stirnhöhlen. Waren die physischen Reaktionen lediglich Ausdruck seiner Erschöpfung und seiner Angst? Oder handelte es sich bereits um die anfänglichen Symptome eines gemeingefährlichen Krankheitserregers?

Als er erneut in den Spiegel starrte, sah er sich doppelt. Zum einen erkannte er sein gewohntes Gesicht, das allerdings überlagert wurde von einer anderen, fremdartigen Erscheinung, die verblüffende Ähnlichkeit mit einem Wolf aufwies. Schwindel erfasste ihn. Er verspürte einen Druck, der ihn zu überwältigen drohte. Wie von einer inneren Macht getrieben, warf er seinen Kopf in den Nacken. Er riss den Mund auf, fletschte die Zähne und begann zu heulen.

Die Frau in der Kamera

Jonas Pfeiffer beugte den Oberkörper vor, legte die Ellenbogen auf den Tisch und blickte in den Sucher. Prüfend betrachtete er das Motiv: ein menschenleerer Sandstrand, dahinter das blaue Meer und über all dem ein wolkenloser, unendlicher Himmel. »Durch den Fotoapparat sieht die Welt viel schöner aus«, dachte er. Fasziniert hielt er für einen Augenblick die Luft an und drückte den Aufnahmeknopf. Es klickte.

Pfeiffer mochte das mechanische Auslösegeräusch. Die Kamera mit dem robusten Gehäuse und dem schweren Zoomobjektiv lag gut in der Hand. Er hatte sie erst vor wenigen Tagen, kurz bevor er in den Urlaub geflogen war, erstanden. Es war eine analoge Spiegelreflex, eine Minolta X-700, die er im Schaufenster eines Antiquitätenhändlers entdeckt hatte.

Natürlich konnte er das Bild, das er gerade fotografiert hatte, nicht sofort anschauen. Die Kamera hatte kein Display, und in ihrem Gehäuse steckte ein Rollfilm, der entwickelt werden musste. Um den Apparat für die nächste Aufnahme vorzubereiten, versuchte er, mit dem Daumen den Transporthebel zu spannen. Etwas schien zu haken, und er musste kräftig drücken, um den Hebel in Bewegung zu setzen und anschließend in die Ausgangsposition zurückzuschieben.

Es war gegen neun Uhr morgens. Er saß auf der Terrasse eines Cafés. Während er einen Cappuccino trank, besiedelten die ersten Touristen den Strand. Sie breiteten ihre Decken, Tücher und sonstigen Utensilien aus, brachten ihre Sonnenschirme in Stellung oder liefen ins Meer.

Am ersten Tag hatte sich Pfeiffer ebenfalls an den Strand gelegt. Aber schon bald hatte er die Lust daran verloren. Ihm war unerträglich heiß geworden. Nur bis zu den Knien hatte er sich ins Wasser getraut, eine echte Abkühlung war das nicht gewesen. Er konnte nicht einmal schwimmen und fragte sich, warum er ausgerechnet im Hochsommer an die Mittelmeerküste geflogen war. Abgesehen von idyllischen Sonnenuntergängen gab es hier kaum etwas, womit er sich die Zeit vertreiben konnte. Das Beste war noch der starke, aromatische Kaffee, den man überall bekam, und die Klimaanlage im Hotel.

Auf der Terrasse wurde es zunehmend wärmer. Wenn er, von der Sonne geblendet, aufs Meer schaute und mit den Augen blinzelte, nahm er flirrende Punkte wahr. Sie leuchteten für Bruchteile von Sekunden irgendwo auf, um fast im gleichen Moment zu verschwinden und an anderer Stelle erneut aufzublitzen. Pfeiffer gefielen die Sternchen, bei denen es sich lediglich um optische Täuschungen handelte, hervorgerufen durch Reaktionen der empfindlichen Netzhaut auf grelles Licht.

Er winkte dem Kellner, zahlte und hängte sich den Trageriemen mit der Kamera über die Schulter. Kaum hatte er sich vom Stuhl erhoben, wurde ihm schwindlig. Der weiche Sand erschwerte das Laufen, seine Füße sanken darin ein. Er kam nur mühsam voran. Schweißperlen traten ihm auf die Stirn. Er spürte, wie das Blut durch seinen Kopf pulsierte, und plötzlich sah er Doppelbilder. Fratzenhafte Gesichter starrten ihn an. Sie kamen auf ihn zu und entfernten sich gleichzeitig.

Schließlich blieb er stehen und atmete tief durch. Die Schwindelattacke ließ nach, und er stellte fest, dass die Leute ihn gar nicht beachteten. Sie redeten miteinander und lachten, andere waren mit sich selbst beschäftigt und lagen einfach ausgestreckt und regungslos auf ihren Tüchern. Instinktiv griff Pfeiffer nach seiner Kamera, schaute durch den Sucher und schwenkte langsam über die Szenerie. Mitten im Menschengewimmel entdeckte er eine Frau, die er zu kennen glaubte. Er zoomte auf ihr Gesicht. Das burschikos geschnittene Haar und die schwarze Sonnenbrille erinnerten ihn an eine Schauspielerin. Eine Hand kam ins Bild und nahm die Sonnenbrille ab. Pfeiffer musterte die großen braunen Augen und die Sommersprossen.

Nach einer Weile erhob sich die Frau, und Pfeiffer verlor sie aus dem Blick. Er schwenkte ihr nach, irrte durch ein Universum aus Gesichtern und Körperteilen, Beinen und Bäuchen, spärlich bekleideten Hintern und Brüsten. Schließlich drehte er den Zoom zurück. Der Bildausschnitt weitete sich, und er fand die hübsche Frau wieder. An der rechten Seite tauchte das Meer auf. Sie machte noch zwei, drei Schritte und setzte sich ans Wasser. Pfeiffer zoomte erneut heran, bis er sie formatfüllend im Sucher hatte, und stellte scharf.

Offenbar hatte die Frau bemerkt, dass sie beobachtet wurde. »Kennen wir uns? Oder warum starrst du mich die ganze Zeit so blöde an?«, rief sie unerwartet zu ihm herüber. Ihre Worte gingen fast unter in der Geräuschkulisse, aber Pfeiffer, der zusätzlich zum undeutlichen Ton über die passende Nahaufnahme verfügte, hatte sie deutlich verstanden. Er zuckte zusammen. Ungeniert schaute sie in die Kamera und streckte ihm die Zunge heraus.

Wie ein ertappter Voyeur kam er sich vor. Und weil er nicht wusste, wie er reagieren sollte, drückte er einfach auf den Auslöser. Im Bruchteil einer Sekunde löste sich die Frau vom Hintergrund, sauste auf das Objektiv zu, und mit einem Mal war sie verschwunden.

Ein kleiner Junge, der die Szene zufällig beobachtet hatte, kroch aus seiner Sandburg hervor und zeigte auf Pfeiffer. »Mami, guck mal da, ein Zauberer!« Die Mutter des Jungen döste vor sich hin. Sie hatte die Augen geschlossen und rührte sich nicht vom Fleck. »Das glaubst du ja selbst nicht«, nuschelte sie nur.

Pfeiffer blickte vom Sucher auf. Außer dem Jungen war offenbar keinem etwas aufgefallen. Aber die hübsche Frau schien sich in der Tat in Luft aufgelöst zu haben.

»Was fällt dir ein!«, vernahm er eine Stimme. Sie war nicht besonders laut, klang gedämpft und musste ganz in seiner Nähe sein. »Lass mich hier raus!«, hörte er sie gleich noch einmal. Irritiert schaute Pfeiffer nach links und rechts. Er konnte sich die Sache zwar nicht erklären, spürte aber, dass es etwas mit ihm zu tun haben musste.

Die Stimme wurde deutlicher: »Mach endlich die scheiß Kiste auf, du Spanner, oder ich ruf die Polizei!«

Nervös rieb Pfeiffer sich durchs Gesicht und fingerte unbeholfen an der Kamera, wodurch er eine gewisse Aufmerksamkeit auf sich zog. Mit fragenden Mienen schauten die Leute zu ihm herüber.

»Sofort aufmachen, Mistkerl!«, tönte es. Die Sache wurde Pfeiffer zunehmend peinlich. Schließlich verstaute er die Kamera in der mit Schaumstoff gefütterten Fototasche und machte sich aus dem Staub.

Er flüchtete in sein Hotelzimmer. Aufgeregt ging er auf und ab, setzte sich auf die kleine Couch, stand wieder auf, um wie ein Inhaftierter seine kleine Zelle abzuschreiten. Es widersprach jeder Logik, dass die Stimme aus seinem Fotoapparat gekommen war. Dennoch nahm er die Kamera aus der Tasche und horchte.

Er konnte hören, wie jemand schluchzte. Verunsichert blickte er in das Objektiv, obwohl ihm bewusst war, dass man von außen nicht ins Innere einer Kamera schauen konnte. Je länger er jedoch hineinstarrte, desto schärfer zeichneten sich die Umrisse einer Frau ab. Sie saß in der Mitte des kleinen, gewölbten Raumes. Ihren Kopf hatte sie in die Arme vergraben. Sie weinte. Leise klopfte er gegen das Gehäuse. »Hey, was hast du in meinem Fotoapparat verloren?«, fragte er.

Die Frau wischte sich mit dem Arm die Tränen aus dem Gesicht und blickte ihn an. »Wie bitte?«

»Ich meine, wie du in meine Kamera gelangt bist?«, spielte Pfeiffer den Ahnungslosen.

»Deine Sprüche kannst du dir sparen«, sagte sie. »Sorg lieber dafür, dass du mich hier wieder herausbekommst!«

Sie erhob sich und kam ein Stück näher. Pfeiffer konnte sie jetzt genau erkennen, und es gab keinen Zweifel: Es handelte sich um ein und dieselbe Person, die er vorhin törichterweise fotografiert hatte, nur dass sie jetzt – um ein Vielfaches verkleinert – in seinem Kameragehäuse steckte.

Trotz Klimaanlage wurde ihm heiß. Aber er versuchte, einen kühlen Kopf zu bewahren. »Wenn ich die Kamera öffne«, begann er zu erklären, »dann wirst du möglicherweise überbelichtet. Einen unentwickelten Film darf man nicht dem Licht aussetzen. Andererseits kann ich dich nicht wie einen Film chemisch behandeln lassen, das wäre doch absurd.«

Er stellte sich vor, wie sie zwischen den Armen einer Laborzange hing und durch die chemischen Bäder, durch die Entwicklungs- und Fixierwannen gezogen wurde. »Selbst wenn ich dich aus dem verdammten Apparat unbeschadet herausbekäme«, fuhr er fort, »du bist ja jetzt nicht größer als ein Streichholz. Hast du dir das eigentlich schon mal überlegt!« Ihm war die Angelegenheit ziemlich unangenehm. Außerdem wurde sie jetzt wieder laut: »Idiot! Lass dir lieber etwas Vernünftiges einfallen, anstatt so einen Unsinn zu verzapfen.«

»Ich denke, das Beste wird sein, du bleibst erst mal da drin«, versuchte er sie zu beruhigen, was sie allerdings noch mehr in Rage brachte. »Du tickst doch nicht richtig!« Sie sprang auf und trat wütend gegen das Objektivglas. Es gab einen dumpfen Schlag, der ziemlich wehgetan haben musste. Jedenfalls machte sie ein schmerzverzerrtes Gesicht und hielt sich den Fuß.

Das Objektiv war robust gebaut. Selbst wenn sie das Glas durchbrochen hätte, wäre sie unweigerlich vor eine zweite, unsichtbare Wand, den Schutzfilter, gestoßen, der sogar Steinschläge aushielt, was aus ihrer Sicht größeren Felsbrocken entsprach.

»Scheißkerl!«, rief sie weinend, woraufhin er die Kamera wieder in die Tasche verschwinden ließ.

Er stellte den Fernseher an und versuchte sich abzulenken. Immer wieder kam ihm die Frau in den Sinn. Grübelnd saß er auf dem Bett. Die Vorstellung, sie eingesperrt zu wissen, quälte ihn. »Lass sie wenigstens nicht allein«, redete er sich ins Gewissen, packte die Kamera aus und betrachtet sie.

Die Minolta X-700 stammte aus den achtziger Jahren, und wenn er sich recht erinnerte, hatte er als Jugendlicher seine ersten Fotografien mit einem ähnlichen Modell gemacht. Ein Onkel hatte ihm die Kamera vermacht. Pfeiffer hatte damals ein paar Filme belichtet und Abzüge anfertigen lassen, die er noch heute in einer Schachtel aufbewahrte. Manchmal holte er die alten Aufnahmen hervor. Sie zeigten Porträts einer verflossenen Jugendfreundin, Blicke aus dem Fenster seines damaligen Zimmers, Naturaufnahmen und ungewöhnliche Stadtansichten. Es waren schöne Fotografien, die Erinnerungen an vergangene Zeiten in ihm wachriefen. Vor zehn, fünfzehn Jahren hatte er die alte Spiegelreflex gegen eine moderne Digitalkamera in Zahlung gegeben. Mit dieser hatte er allerdings nie wieder so schöne Ergebnisse erzielt. Und vor allem: Die Fotodateien waren ungeordnet auf der Festplatte des Laptops gespeichert und verschwanden nach einiger Zeit. Spätestens wenn er einen neuen Computer angeschafft hatte, waren die bis dahin erstellten Fotografien verloren und damit auch bald aus seinem Gedächtnis gelöscht. Seitdem er mit dem Handy fotografierte, war das Verfallsdatum der festgehaltenen Erinnerungen noch kürzer geworden. Kaum hatte er die Fotos angeschaut, kamen sie abhanden und landeten unbemerkt im digitalen Nirwana.

Als er vor ein paar Tagen zufällig das gleiche Modell seiner alten X-700 im Schaufenster gesehen hatte, war ihm die Idee gekommen, mal wieder wie in alten Zeiten zu fotografieren. »Das ist *die* Gelegenheit«, hatte ihm der Antiquitätenhändler zugeredet und auf das Zählwerk der Kamera verwiesen. »Sehen Sie nur, der Film ist schon eingelegt, Sie haben 24 Aufnahmen und können sofort loslegen. Und das zu einem äußerst günstigen Preis.«

Pfeiffer klopfte leise gegen das Objektivglas. »Hi, wie geht es dir?«, fragte er.

»Ich habe Hunger«, sagte sie.

Pfeiffer hatte ausnahmsweise eine gute Idee. »Wir gehen aus«, sagte er.

Sie fixierte ihn, als ob sie es mit einem Verrückten zu tun hätte, und schüttelte den Kopf. Pfeiffer lächelte verschmitzt. »Was isst du denn gerne?«, wollte er von ihr wissen. »Pizza«, schmollte sie.

Nachdem sie das Hotel verlassen hatten, entdeckte er eine kleine Trattoria. Er bekam einen Platz an der Fensterseite und bestellte zwei Pizzen und eine Flasche Wein. Die Kamera legte er so auf den Tisch, dass die Frau freie Sicht hatte.

Draußen begannen die Grillen mit ihrem Gezirpe. Der Himmel war bereits mit einem leuchtenden Abendrot überzogen. Kräftige Farbtupfer glänzten auf der Wasseroberfläche. Wie ein glühender, fetter Ballon hing die Sonne über dem Meer, und die ganze Umgebung schien sich in ein rötlich schimmerndes, impressionistisches Gemälde verwandelt zu haben.

»Traumhafter Sonnenuntergang!«, schwärmte er.

»Pffff«, machte seine kleine Begleiterin. Trübsinnig blickte sie aus dem Gehäuse.

Der Ober brachte die Speisen und Getränke. Weil sein Gast nach wie vor allein war, stellte er die Flasche, zwei Gläser und die beiden Teller mit fragender Miene auf den Tisch. Pfeiffer nickte bejahend, und achselzuckend huschte der Ober wieder davon.

Pfeiffer nahm die Kamera und richtete sie auf eine Pizza. Bevor er auslöste, versicherte er sich mit raschen Blicken nach links und rechts, dass ihn niemand beobachtete. Es machte klick. Der Teller löste sich von der Tischplatte und sauste aufs Objektiv zu, in das er blitzschnell verschwand. Genauso verfuhr er mit dem Wein, und im Bruchteil einer Sekunde hatte er auch den im Gehäuse.

»Na, habe ich zu viel versprochen?«, flüsterte er. Sie machte große Augen, erhob ihr Glas, nahm einen Schluck und begann zu essen.

»Wie heißt du eigentlich?«, fragte er.

»Katharina«, sagte sie mit vollem Mund.

»Ich heiße Jonas.«

Er sah aus dem Fenster. Eine Möwe tauchte ins Wasser

und schnappte nach einem Fisch. Das Meer verschlang die dicke, rote Sonne.

Nach dem Essen unternahmen sie einen Abendspaziergang und liefen zum Strand. Der Mond war aufgegangen. Glasklar stand er am Himmel und spiegelte sich auf der Wasseroberfläche.

Gegen Mitternacht kehrten sie ins Hotel zurück. »Ich gehe schlafen«, sagte Pfeiffer und gähnte zufrieden.

»Und was ist mit mir?«, protestierte Katharina. Traurig hockte sie in ihrer kleinen, dunklen Kammer. Auf dem Boden des harten Objektivs zu schlafen, das war wirklich niemandem zuzumuten, einer so bezaubernden Frau erst recht nicht.

»Du kannst mein Bett haben.«

Pfeiffer nahm die Kamera, und nach der inzwischen bewährten Methode zauberte er ihr das Möbelstück ins Gehäuse. Er selbst legte sich auf die Couch.

»Schlaf gut«, sagte er.

»Du auch«, sagte sie.

Am anderen Morgen fuhr Pfeiffer in die Stadt und kaufte neue Kleidungsstücke für Katharina. Sie hatte nur ihren Badeanzug. Wenn sie schon in dem Apparat gefangen war, sollte sie sich wenigstens stilvoll anziehen können. Schließlich war sie seine kleine Freundin. Gut gelaunt kam er zurück. »Überraschung«, sagte er und knipste ihr die Sachen ins Gehäuse.

Obwohl Katharina unfreiwillig in der Kamera saß, begann sie die Situation zu akzeptieren. Was blieb ihr auch anderes übrig, dachte Pfeiffer und fand, ohne dass er es zugegeben hätte, fast Gefallen daran. Er war in den letzten Jahren viel alleine gewesen. Nicht genug, dass ihm zu Hause die Decke auf dem Kopf fiel. Widerwillig verließ er die Wohnung, ging zur Arbeit oder einkaufen, gequält von

Überdruss und Melancholie. Endlich hatte er jemanden gefunden, mit dem er sich unterhalten und etwas unternehmen konnte. Die Langeweile, die sein verkorkstes Leben beherrscht hatte, war wie weggeblasen. Mit Katharina war jeder Tag schön. Spazieren gehen, in die Stadt fahren, Restaurantbesuche, romantische Sonnenuntergänge, fernsehen – egal, womit sie sich die Zeit vertrieben, es machte Freude, und er konnte den Urlaub genießen. Wie es danach weitergehen sollte, darüber hatten sie sich allerdings noch nicht verständigt.

»Du darfst dich ruhig ein bisschen elegant anziehen«, erklärte Pfeiffer eines Morgens, »heute ist unser letzter Ferientag, und wir gehen noch einmal aus.«

Katharina zog die Augenbrauen hoch. »Wir reisen ab?«, fragte sie überrascht. »Schön, dass ich das auch mal erfahre. Schließlich entscheidest du gerade über mein Leben.«

Pfeiffer hatte diesbezüglich schon seine Vorstellungen. Natürlich würde er Katharina mit zu sich nach Hause nehmen. »Oder hast du etwa geglaubt, dass ich dich im Stich lasse?«

Sie sah ihn verstört an. Pfeiffer drehte sich um und lief im Zimmer auf und ab. Ohne Blickkontakt aufzunehmen, sagte er ziemlich unvermittelt: »Das ist nämlich so, Katharina, ich habe mich in dich verliebt.«

»Aha«, sagte Katharina.

Pfeiffer wusste sich auf dieses »aha« keinen rechten Reim zu machen und begann, den Koffer zu packen.

»Ich sterbe vor Langeweile!«, tönte es aus der Kamera. Pfeiffer zuckte mit den Achseln.

»Wenn ich hier wenigstens einen eigenen Fernseher hätte«, schmollte sie.

Pfeiffer hielt das für eine gute Idee. Sie musste sich in Zukunft ohnehin damit abfinden, dass er tagsüber im

Büro war. Nach Dienstschluss und an den Wochenenden würde er für sie da sein.

»Natürlich bekommst du einen Fernseher«, sagte er, wobei er zusammenzuckte. Zufällig hatte er den Bildzähler der Kamera registriert und festgestellt, dass dreiundzwanzig von den vierundzwanzig Fotos bereits verschossen waren.

»Es gibt ein Problem«, sagte er, »wir haben nur noch eine einzige Aufnahme. Du kannst dir denken, was das bedeutet!«

Katharina riss die Augen auf und schluckte. Ihre Miene versteinerte. Plötzlich schimpfte sie: »Warum musstest du ausgerechnet mich fotografieren!« Sie fing an zu weinen wie am ersten Tag. Pfeiffer hatte keine Ahnung, wie er damit umgehen sollte.

»Ist wirklich nur noch eine Aufnahme möglich?«, fragte Katharina. Pfeiffer nickte betreten.

»Aber ich darf bestimmen, was wir fotografieren!«, sagte sie. Der Ton ihrer Stimme machte ihn misstrauisch.

»Habe ich dir bisher etwas abgeschlagen?«, fragte Pfeiffer beinahe beleidigt. Ihre schlechte Laune schien wie weggeblasen, und sie lächelte. Es war ein sinnliches Lächeln, in dem aber auch eine Spur Gemeinheit lag.

»Ich weiß schon, was ich mir wünsche«, sagte sie.

»Wir dürfen nichts überstürzen«, sagte Pfeiffer, »so was muss man sich dreimal überlegen, bevor man es entscheidet. Vielleicht ist ein Fernseher wirklich die sinnvollste Lösung.«

Katharina sah ihm tief in die Augen, und Pfeiffer zweifelte einen Moment, ob sie es ernst meinte. »Ich nehme dich«, flüsterte sie.

Diese Möglichkeit hatte Pfeiffer noch gar nicht in Betracht gezogen. Katharina schlug ein Bein über das andere.

Sie hatte das schwarze, eng anliegende Kleid, das er ihr gekauft hatte, angezogen, und Pfeiffer bedauerte es einmal mehr, dass sie in dem verflixten Apparat gefangen war. Der Wunsch, ihr ganz nahe zu sein, wurde stärker. Plötzlich gefiel ihm der Gedanke, sich ohne Wenn und Aber in ein Abenteuer zu stürzen. »Soll ich sofort zu dir kommen?«, hörte er sich fragen.

Um in das Gehäuse zu gelangen, musste Pfeiffer sich selbst fotografieren. Er nahm die Kamera und aktivierte den Selbstauslöser. Wohlüberlegt stellte er den seltsamen Apparat auf eine Truhe und drückte den Aufnahmeknopf. Es begann zu blinken. Ihm blieben fünfzehn Sekunden.

Er ging in Position. Die Zeit verstrich viel langsamer als sonst, und es kam ihm vor, als ob die Dinge in Zeitlupe abliefen. Noch nie hatte er so ein bedeutsames Foto gemacht.

Die Kamera löste aus. Pfeiffer sauste durch die Luft, wobei seine Haut sich zusammenzog und die Knochen und der Körper in rasender Geschwindigkeit schrumpften. Er fiel durch einen dunklen Schacht, und mit einem Mal befand er sich im Innern der Kamera.

Katharina trat ihm entgegen. Eine Weile standen sie da und musterten sich. Dann schubste sie ihn ins Bett und warf sich auf ihn wie eine Katze, die sich eine Beute schnappt. Bereitwillig ließ Pfeiffer sich verführen. Endlich geschah das, wonach er sich schon so lange gesehnt hatte.

Später öffnete er die Augen, und ihm wurde wieder bewusst, wo sie sich befanden. Nicht nur Katharina, sondern sie beide waren nun in dem sonderbaren Apparat gefangen. Fast tat es ihm leid, dass er das letzte Foto gemacht hatte. »Alles könnte so schön sein, wenn wir hier nicht eingesperrt wären«, schmollte er. Katharina schaute ihn an. »Bist du unromantisch!«

Pfeiffer stand auf, zog seine Hose an und begann, den kleinen Raum zu inspizieren. »Wie finster und trist es hier ist«, dachte er und bewegte sich tastend in den hinteren Teil der Kamera, in dem vollkommene Dunkelheit herrschte. Er suchte den Filmstreifen, aber da war nichts, und er lief gegen die Rückwand. Vorsichtig machte er ein paar Schritte nach links, bis er auf eine ungleichmäßige, harte Kante stieß.

»Der Film ist gerissen«, bemerkte er, »vielleicht hat das die Fehlfunktion verursacht.« Seine Befürchtung, nur noch ein Foto machen zu können, war vermutlich ganz umsonst gewesen. »Verdammt! Wir hätten noch tausendmal knipsen können«, rief er verärgert.

Er trat nach rechts, bis er die Rolle mit dem belichteten Material erfühlen konnte. Mit beiden Händen griff er das gerissene Filmende. Um den Streifen, der größer als er selbst war, von der Spule zu bekommen, musste er seine ganze Kraft aufwenden.

»He, guck mal«, rief er aufgeregt. Je weiter er den Filmstreifen hervorzog, desto mehr Licht fiel in den Raum. Der Himmel wurde sichtbar, das Meer und der Strand. Pfeiffer hielt inne und betrachtete das ungefähr zur Hälfte sichtbar gewordene Foto. Es war seine erste Aufnahme gewesen, bevor er Katharina abgelichtet hatte. »Wie kann das möglich sein?«, murmelte er, »die Kamera hat nur dieses einzige Bild festgehalten.«

Katharina stieg aus dem Bett, zog ihr Kleid an und kam zu ihm herüber. Sie näherte sich der halben Fotografie mit dem menschenleeren Sandstrand und dem Meer im Hintergrund. Pfeiffer wartete förmlich darauf, dass sie gegen den Zelluloidstreifen stieß. Aber nichts schien sich ihr in den Weg zu stellen, und sie konnte ungehindert in das Bild eintreten.

Um das vollständige Foto zu entrollen, zog Pfeiffer noch einmal kräftig an dem Filmstreifen. Unter Katharinas Füßen wackelte der Boden so sehr, dass sie auf die Nase fiel. »Pass doch auf!«, rief sie verärgert. Pfeiffer fummelte unbeirrt mit dem Film herum, bis er die abgerissene Kante in den Schlitz der Filmdose geklemmt hatte. Auch er konnte nun in die Landschaft eintreten.

Er hockte sich nieder, nahm etwas Sand auf und ließ ihn durch die Finger rieseln.

»Wo sind wir?«, fragte Katharina.

Pfeiffer zweifelte. Handelte es sich um eine Fantasiewelt, in der alles auf Einbildung beruhte? Oder hatten sie zurückgefunden in das wirkliche Leben? Der Sand fühlte sich real an, beinahe noch echter als der, den er aus seinen bisherigen Erfahrungen kannte.

Pfeiffer setzte sich neben Katharina. Zufrieden drückte er sein Gesicht an ihren Bauch. Während sie gedankenverloren auf die Wellen schaute, schweiften Pfeiffers Gedanken ab.

Er sah sich Arm in Arm mit Katharina am Meer entlangspazieren. Sie waren allein, und der ganze Strand gehörte ihnen. Die Schritte wurden beschwingter, sie drehten sich im Kreis. Wie berauscht fingen sie an zu tanzen, immer schneller. Pfeiffer konnte sein Glück nicht fassen, ihm wurde angenehm schwindelig. Er zog Katharina an sich, und zusammen fielen sie lachend und taumelnd in den Sand.

Nach einer Weile bemerkte er, dass er auf dem Rücken lag. Die Sonne blendete ihn. Unsicher tastete er nach links und rechts. Katharina war nicht da. Langsam richtete er seinen Oberkörper auf. Das Stimmengewirr wurde deutlicher, und er sah, dass er umgeben war von anderen Touristen.

Katharina war zum Meer gegangen. Sie stand etwa hundert Meter von ihm entfernt. Er wollte ihr folgen. Doch dann hielt er inne.

Er sah, wie sie vorsichtig ins Wasser lief. Als es tief genug war, ließ sie sich fallen und schwamm hinaus. Nicht ein einziges Mal blickte sie sich nach ihm um.

Kammerspiel zu dritt

Fischer, der als EDV-Buchhalter in einer Spielzeugfabrik beschäftigt war, betrat seine Wohnung. Er hatte Feierabend und freute sich aufs bevorstehende Wochenende. Bester Laune legte er seine Jacke ab und ging in die Küche.

Als er den Kühlschrank öffnete, um sich eine Flasche Bier zu nehmen, zuckte er zusammen. Alles war durcheinandergeraten, Verpackungen und Tüten aufgerissen, leere Dosen und Flaschen umgestoßen, und überall häuften sich Käse- und Gemüsereste. Zwischen den Abfällen und inmitten der übrig gebliebenen Lebensmittel hockte ein Pelztier.

Der erste Schock, der Fischer in die Glieder gefahren war, löste sich im Nu auf, denn die ekelerregende Kreatur, die er soeben entdeckt hatte, entpuppte sich bei genauerem Hinsehen als ein kleiner, niedlicher Bär. »Ja, wen haben wir denn da?«

Fischers Worte ließen den Bären keineswegs aufhorchen. Er stopfte sich munter die Wurstscheiben ins Maul, schleckte Marmelade und Honig und schlürfte genüsslich Kaffeesahne. Eine Weile sah Fischer dem schmausenden Bären zu, wobei er selbst Appetit bekam.

»Gibst du mir etwas ab?«, bat er freundlich und fuhr langsam mit der Hand in den Kühlschrank. Der Bär hielt einen Moment inne und ließ seinen Blick zu Fischer wandern. »Weg da!«, zischte er unwirsch und biss ohne Vorwarnung zu.

»Au!« Fischer zuckte zusammen. Er hatte sich erschrocken, und es tat weh. Aber als der kleine Bär ihn grimmig anblickte, verschwand seine Verärgerung, und der

Schmerz ließ nach. »Oh, Verzeihung«, sagte er übertrieben höflich und schaute schmunzelnd zu, wie der Räuber sich ungeniert bediente.

Fischer leckte sich das Blut vom Finger und umwickelte ihn mit einem Taschentuch. Während er den Kühlschrank wieder zumachte, beschloss er, beim Spanier zu essen, der gleich um die Ecke lag. Er war schon lange nicht mehr ausgegangen und freute sich über die spontane Veränderung seines ansonsten eher eintönigen Abendprogramms.

Das Lokal war fast ausgebucht. Lediglich am Tisch einer Frau gab es einen freien Platz. Sie schien wie er ohne Begleitung zu sein. »Darf ich mich dazusetzen?« Sie nickte.

Der Kellner kam, und sie bestellten Hähnchenfilet und Salat. »Und für mich bitte einen Chardonnay«, sagte die Frau. Fischer verlangte das Gleiche, obwohl er eigentlich Biertrinker war. Verstohlen musterte er seine charmante Tischnachbarin.

»Mach dir bloß keine falschen Hoffnungen, Kleiner«, meldete sich seine innere Stimme, »eine Frau von diesem Format ist für dich unerreichbar!«

Seine zweite Stimme widersprach und ermutigte ihn: »Alter, so eine Gelegenheit bekommst du so schnell nicht wieder. Rede mit ihr!«

Fischer fand, dass sie verdammt gut aussah. Ihr schwarzes halblanges Haar und der dunkle Teint verliehen ihr ein südländisches Flair.

Zunächst wollte Fischer nichts Originelles einfallen, womit er sie in ein Gespräch verwickeln konnte. Erst als der Kellner den Wein gebracht und Fischer einen Schluck genommen hatte, lockerte sich seine Zunge: »Ich habe dich noch nie gesehen; bist du öfter hier?«

Sie nickte. »Und du?«

Fischer gefielen ihre vollen Lippen und die großen

leuchtenden Augen. Sie war unglaublich attraktiv, und er gestand ihr, dass er in den letzten Monaten selten ausgegangen war. »Trennungsschmerz«, fügte er seufzend hinzu.

»Oh, verstehe«, sagte sie.

Der Kellner brachte das Essen. Fischer fühlte sich auf Anhieb wohl in Gegenwart der Frau und erzählte von seinem Erlebnis. »Weißt du, was mir heute passiert ist? Ich komme von der Arbeit nach Hause, und was glaubst du, wer in meinem Kühlschrank haust? Ein kleiner Bär! Und was tut er? Er schleckt meinen Honig, verputzt die Wurst und schlürft die Sahne! Als ich mir auch etwas nehmen will, beißt er zu!«

Ihre Augen funkelten, und sie lächelte. »Du erzählst Geschichten, oder?«

Fischer entfernte das Taschentuch von seinem Finger, an dem Blut klebte, und wies stolz auf die Wunde. »Hier, der Beweis.«

Die Frau rümpfte kurz die Nase und schien sich ein bisschen zu ekeln. Dann sah sie Fischer fasziniert an. Dieser gefiel sich darin, sie aus der Reserve gelockt zu haben.

Es war lange her, dass er den Abend mit einer Frau verbracht hatte. Nachdem er von seiner letzter Freundin verlassen worden war, hatte er sich Rendezvous geradezu verboten. Nun fühlte er sich mit einem Mal von dieser charmanten Person angezogen. Er stellte sich vor, sie zu sich nach Hause einzuladen.

»Dafür musst du dir erst einmal Mut antrinken, Kleiner«, erklärte die erste innere Stimme. Der Einwand kam nicht von ungefähr, denn Fischer war ein schüchterner Typ.

Seine zweite Stimme sah die Sache ganz anders. »Gut gemacht!«, ermunterte sie ihn. »Du hast auf jeden Fall Interesse geweckt.«

Fischer und die Frau erhoben die Gläser. »Auf den schönen Abend«, sagte sie und stieß mit ihm an. Sie schaute ihm in die Augen. »Deinen Bären würde ich bei Gelegenheit gern einmal kennenlernen.«

»Wir können ja hinterher noch zu mir gehen«, bemerkte Fischer wie nebenbei. Er war sich bewusst, dass seine Einladung nicht besonders einfallsreich klang.

»Peinlich«, kommentierte die erste Stimme, »damit hast du's total vermasselt!«

Die zweite Stimme feuerte ihn an: »Sie findet dich toll, Mann! Und sie wird mit dir die Nacht verbringen!«

Schneller als gedacht war er mit der Frau auf dem Weg zu seiner Wohnung. Sie liefen Arm in Arm. Allerdings hatten seine beiden inneren Stimmen Fahrt aufgenommen und diskutierten kontrovers.

»Träum weiter, Kleiner!«

»Lass dich nicht beirren, mach dein Ding!«

»Die lässt dich abblitzen wie einen Schuljungen!«

»Das ist der Anfang einer großartigen Liebesbeziehung!«

Sie erreichten das Haus, gingen die Treppe hinauf und betraten die Wohnung.

»Gemütlich hast du es hier«, bemerkte die Frau.

Sie standen in der Küche. Fischer öffnete den Kühlschrank. Sofort fiel das Chaos mit den aufgerissenen Verpackungen und Essensresten in den Blick. Nur der Bär war nicht mehr da.

»Vielleicht hat er sich versteckt«, sagte sie.

Nachdem sie fast überall erfolglos nach ihm gesucht hatten, schauten sie ins Schlafzimmer. Es war dunkel, und Fischer schaltete die Deckenleuchte ein. Der Bär lag im Bett und rieb sich gähnend die Augen. »Was ist denn hier los!«, beschwerte er sich.

»Jetzt hast du ihn geweckt!«, flüsterte die Frau mahnend, »mach schnell das Licht aus, damit er in Ruhe schlafen kann!«

Fischer drückte erneut den Schalter. Der kleine Kerl

schloss die Augen und schnarchte leise weiter. Von nebenan fiel ein schwacher Lichtschein aufs Bett. Erst jetzt bemerkte Fischer, dass die Ohren des Bären im Verhältnis zu seinem Kopf viel zu groß geraten waren. »Vielleicht ist es gar kein Bär, sondern ein Monster«, dachte er.

»Ich finde ihn süß«, sagte die Frau leise und näherte sich der sonderbaren Kreatur. »Vorsicht, er könnte beißen!«, flüsterte Fischer eindringlich, was sie nicht davon abhielt, sich auf die Bettkante zu setzen.

Fischer ging ins Wohnzimmer und machte eine Flasche Wein auf. Es dauerte lange, ehe die Frau endlich aus dem Schlafzimmer kam und sich zu ihm auf die Couch setzte.

»Du bist übrigens ganz bezaubernd«, sagte Fischer und legte seinen Arm um ihre Schultern. Er wusste nur zu gut, dass er kein Verführungskünstler war. Trotzdem erwiderte sie seinen plumpen Annäherungsversuch und küsste ihn, ja, sie ließ sogar zu, dass er ihr Oberteil aufknöpfte. Als seine Fingerspitzen ihre Brüste berührten, stand sie auf, zog ihn ins Schlafzimmer und stieß ihn aufs Bett. Er war verblüfft.

Neben ihnen schlummerte der Bär, was Fischer nicht davon abhalten konnte, die Frau weiter auszuziehen.

»Wo hast du den süßen Fratz eigentlich her?«, wollte sie wissen. Er ging nicht darauf ein.

Seine Augen hatten sich an das schummrige Licht gewöhnt, und er betrachtete die Umrisse ihres Körpers. Wie gemalt lag sie da, und sie war wirklich wunderschön. Er berührte ihre Schulter, ließ seine Finger über die weiche Haut gleiten.

Sie schien jedoch überhaupt nicht bei der Sache zu sein. Desinteressiert drehte sie sich von ihm weg und wandte sich dem Bär zu.

»Ob er wohl Träume hat?«, hörte Fischer sie fragen.

»Sei um Gottes willen vorsichtig! Ich habe keine Ahnung, was in dem Burschen vorgeht.«

Noch gab Fischer die Hoffnung nicht auf, sie zu verführen. Sanft streichelte er sie und hauchte ihr ins Ohr, wie toll er sie fand. Doch seine Bemühungen wurden nicht belohnt, und ihm blieb nichts anderes übrig, als sich die Erfolglosigkeit seiner Annäherungsversuche einzugestehen. Nicht er, sondern der haarige Frechdachs genoss ganz offensichtlich ihre Sympathie. Fischer musste sogar zusehen, wie sich der Bär an sie kuscheln durfte.

Seine erste innere Stimme frotzelte: »Das hätte ich dir auch vorher sagen können, Kleiner. Als ob du bei so einer tollen Frau den Hauch einer Chance hättest!«

Es war zum Heulen. Zuerst hatte ihm der Bär den Kühlschrank leer gefressen, und nun spannte er ihm die Frau aus. Der Nebenbuhler musste aus seiner Wohnung verschwinden! Gleich am frühen Morgen würde er handeln. Er würde mit dem Bär wegfahren und ihn irgendwo weit draußen aussetzen. Ebenso gut konnte er ihn an einen Zoo verkaufen oder dem städtischen Tierheim überlassen. Dort würden dem unverschämten Burschen endlich Manieren beigebracht, und er wäre ihn los.

Nach einer Nacht mit unruhigen Träumen, in denen ihn der Bär weiterhin genervt hatte, erwachte Fischer am anderen Morgen. Er war unausgeschlafen und schlecht gelaunt. Aber er wollte nicht unhöflich erscheinen.

»Ich mach mir einen Tee«, nuschelte er gähnend, »möchtest du auch einen?« Natürlich hatte er damit nicht den Bären, sondern die Frau gemeint.

»Ich will was zu futtern haben«, sagte der unverschämte Nebenbuhler, ohne dass ihn jemand gefragt hatte. Die Frau sah zu Fischer herüber. »Hast du nicht gehört? Der Bär hat Hunger!«

Fischer stand mürrisch auf und ging in die Küche. Er öffnete den Kühlschrank und durchstöberte den Müll, der übrig geblieben war. Der Mistkerl hatte tatsächlich so gut wie alles verschlungen. Verärgert warf Fischer einen Blick ins Schlafzimmer. Durch den Türspalt konnte er beobachten, wie der Bär verstohlen seine Tatze an das Ohr der Frau legte. Die beiden schienen miteinander zu tuscheln, und Fischer zweifelte nicht daran, dass da eine Verschwörung im Gange war. Widerwillig nahm er seinen Mantel und machte sich auf den Weg. Gereizt lief er zum Supermarkt.

Während er dies und das aus den Regalen zog und in den Einkaufswagen warf, begann er zu bereuen, dass er den Bär nicht gleich an einen Zirkus verkauft hatte. »Und warum«, fragte seine erste innere Stimme, »warum hast du dir diese eigenartige Frau ins Haus geholt, bei der du ohnehin nicht landen kannst?«

Fischer sah ein, dass er sich verrannt hatte. Als ob es nicht genügte, sich von einem Bären terrorisieren zu lassen! Mit der Frau hatte er sich einen weiteren Querkopf geangelt. Wie dumm war er eigentlich! Und warum warf er die beiden nicht einfach achtkantig aus seiner Wohnung!

Fest entschlossen, dem Spuk ein schnelles Ende zu bereiten, lief Fischer zurück. Na gut, das Frühstück wollte er ihnen noch gewähren. Spätestens danach würde er ihnen kräftig die Meinung sagen.

Er betrat die Küche, legte die Einkaufstüten auf die Anrichte und begann, den Tisch zu decken. »Soll ich den Bär überhaupt mit einplanen?«, dachte er, da tauchte die Frau auf. »Ich habe deinen Morgenmantel genommen«, säuselte sie, »ich hoffe, du hast nichts dagegen.«

Fischer musterte sie. Unter dem Revers war der Ansatz ihrer Brüste zu erkennen. Sie blickte ihn kokett an. Hübsch war sie, das musste man ihr lassen. »Ich habe Milch und

Honig mitgebracht«, hörte er sich sagen. »Oh, da wird der Bär sich bestimmt freuen«, lobte sie ihn.

Fischers Laune verbesserte sich. Er war alles andere als unversöhnlich, und jetzt konnte er sich schon wieder vorstellen, ihre Gesellschaft über das Frühstück hinaus zu ertragen. Er wünschte sich sogar, dass sie länger bei ihm blieb. Und wenn es unbedingt sein musste, würde er sogar die Anwesenheit des Störenfriedes akzeptieren.

»Bleib am Ball«, redete die zweite Stimme auf ihn ein, »du darfst nur nicht so schnell die Geduld verlieren. Ich sag dir was: In ein paar Stunden hast du sie erneut im Bett. Und dann macht sie, was *du* willst, und pfeifst auf den kleinen Spinner!«

»Hat er endlich eingekauft!«, tönte es von nebenan.

Fischer hätte es am liebsten überhört. Ebenso wenig konnte er verhindern, dass der Bär zur Küche hereinstapfte, auf die Anrichte sprang, die Einkaufstüten auseinanderriss und wüst zu tafeln begann. Wie er dastand und sich einen Brocken Käse ins Maul stopfe, fiel Fischer auf, dass er über Nacht größer geworden war.

»Das kann ja heiter werden!«, klagte Fischer. Er traute sich jedoch nicht, dem Bären die Leviten zu lesen und reinen Tisch zu machen. Allerdings verriet seine böse Miene, wie es in ihm brodelte.

»Ach, lass ihn doch. Bestimmt weiß er noch gar nicht, wie man sich zu benehmen hat«, nahm die Frau den Bären in Schutz und versuchte, Fischer zu beruhigen. Dieser biss sich auf die Unterlippe und schüttelte den Kopf. Um seine aufkeimende Wut im Zaum zu halten, fing er an, Ordnung zu schaffen. Er sammelte die Abfälle ein, die der Bär in Windeseile beinahe gleichmäßig über den gesamten Fußboden verteilt hatte. Angewidert trug er den Müll hinunter.

Als er wieder vor seiner Wohnung stand, hätte er am liebsten die Tür eingerannt. Er hatte den Schlüsselbund in der Küche liegen gelassen, was seine Laune zusätzlich verschlimmerte.

Er klopfte. Keine Reaktion. »Hallo!«, rief er.

Drinnen regte sich nichts. Auch sein lang anhaltendes Schellen blieb erfolglos. Obwohl er den Knopf gedrückt hielt, verstummte mit einem Mal die Klingel, woraus unschwer zu schließen war, dass seine Gäste den Strom abgeschaltet hatten.

Fischer schwante Böses. Zuerst hatten sie ihn zum Einkaufen geschickt und das Frühstück organisieren lassen. Und dann hatten sie ihn bei der erstbesten Gelegenheit ausgesperrt. Aus Ärger über seine eigene Dummheit fing er an zu lachen. Immer lauter musste er lachen, dass es durchs ganze Treppenhaus schallte.

»Mann, komm erst mal runter. Dann sehen wir weiter«, versuchte ihn die zweite Stimme zu beruhigen. Er hätte heulen können, setzte sich auf eine Treppenstufe und lehnte sich ans Geländer. Müdigkeit breitete sich in ihm aus. Seine Lider wurden schwer, und seine Gedanken schweiften ab.

Er hört ein mechanisches Geräusch und bemerkt, wie von innen das Schloss aufgesperrt wird. Sofort steht er auf und betritt die Wohnung. Er will nach seinen Gästen suchen und sie zur Rede stellen, da fällt hinter ihm die Tür zu. Und damit ist es um ihn herum stockfinster. Haben sie am helllichten Tag die Rollläden heruntergelassen, oder was ist los? Er drückt auf den Lichtschalter. Nichts.

Einen Augenblick bleibt er stehen und lauscht. Totenstille. Vorsichtig tastet er sich an der Wand entlang und läuft einige Schritte zurück, auf der Suche nach dem Sicherungskasten. Zwei haarige Pfoten packen ihn und reißen ihn um. Unsanft landet er auf dem Teppich. Er wagt nicht, sich wieder aufzurichten, spürt aufkommende Panik.

Hoffentlich ist der Frau nichts zugestoßen, geht es ihm durch den Kopf. »Sieh dich vor, und pass gut auf dich auf«, ruft er laut durch die Wohnung.

Seine Augen haben sich inzwischen an die Dunkelheit gewöhnt. Schemenhaft und wie in Zeitlupe erkennt er, was sich nun abspielt. Die Frau kommt näher, beugt sich zu ihm herunter. Sie legt ihm die Hände an den Hals und drückt zu. Fischer versucht, sich zu wehren. Aber er hat keine Kraft, und seine Arme sind wie gelähmt. Dann sieht er den Bären. Ausgerüstet mit dem Fleischmesser aus der Küchenschublade pirscht er sich heran und holt aus. Fischer will schreien, bekommt jedoch keinen Laut heraus. Er sieht, wie das Messer auf ihn zuschnellt, kneift reflexartig die Augen zu und spürt, wie die lange scharfe Klinge in seinen Brustkorb eindringt.

Nach Luft hechelnd findet er sich in einem Tunnel wieder, an dessen Ende ein heller Stern leuchtet. Dieser wird größer und größer, und mit einem Mal kommt er wie ein Projektil auf ihn zugeschossen. Mit dem Lichtstrahl dringen bruchstückhafte Erinnerungsfetzen aus den letzten Stunden auf ihn ein. In Großaufnahme taucht die Frau auf. Ihr bezauberndes Gesicht fällt in sich zusammen und offenbart eine verzerrte Fratze. Kaum ist ihr Bild verblasst, tritt der Bär in den Vordergrund. Grinsend glotzt er Fischer an, verwandelt sich vom niedlichen Kuscheltier in ein grässliches Monster.

Mit dem Messer in der Brust und wie in Trance steht Fischer auf. Er tastet nach dem Sicherungskasten, öffnet die Klappe, sucht den Hauptschalter und kippt ihn zurück. Die Welt um ihn herum wird in gleißendes Licht getaucht.

Als Fischer die Augen öffnete und sich sein Bewusstsein zurückmeldete, saß er unverletzt und wohlbehalten auf der Treppe im Hausflur. Die Wohnungstür stand sperrangelweit offen. Seine beiden Gäste hatten sich vermutlich längst aus dem Staub gemacht.

Fischers erste innere Stimme nahm den Faden wieder auf: »Hey, großer Bärenfreund und Herzensbrecher, ist dir eigentlich klar, dass du mal wieder nach Strich und Faden verarscht worden bist!«

Wie so oft musste Fischer seiner übermächtigen Stimme Recht geben. Und seine zweite Stimme konnte dem kaum etwas entgegenhalten. Lapidar meinte diese nur: »Kopf hoch, Alter, das Leben geht weiter!«

Geräusche

Die eine Hand am Lenkrad, in der anderen eine Zigarette, saß Hagen in seinem alten schwarzen Ford. Er hatte keine Ahnung, wohin der Weg ihn führte, und genoss es, sich treiben zu lassen und zu rauchen, während eine kilometerlange Industriebrache wie im Kino an ihm vorüberzog. Riesige Skelette abgewrackter Fabrikhallen, verwahrloste Lagerruinen, Aufzugtüren, die ins Nichts führten, von Unkraut überwucherte, verrostete Schienen, umgestürzte Ölfässer, wie ausgeschlagene Zähne lagen die Überbleibsel der einstigen Produktionsanlagen da. »Betreten verboten« war auf einem herunterhängenden Schild zu lesen. Als ob jemand freiwillig auch nur einen Fuß in diese vergiftete Hölle setzen würde, dachte Hagen.

Nachdem er das sich selbst überlassene Areal hinter sich gelassen hatte, folgte er gedankenverloren der Landstraße. Das Dorf, dem er sich näherte, konnte er schon von Weitem sehen. Es lag in einem Tal und bestand aus etwa zwanzig, dreißig Häusern und einer Kirche.

Hagen wunderte sich darüber, dass solche abgelegenen Orte überhaupt noch existierten, und kurbelte, wie um sich der Echtheit der Welt zu vergewissern, das Seitenfenster herunter. Angenehm blies ihm der Fahrtwind ins Gesicht. Und wie gut die Luft hier war! Er lehnte sich zurück, drückte die Zigarette in den Ascher und drehte spielerisch den Zündschlüssel nach links. Der Motor setzte aus, und der Wagen rollte von ganz allein den Berg hinab in das Dorf.

Hagen hielt am Straßenrand und stieg aus. Ein dicker Mann schlurfte ihm entgegen. Als Hagen die Autotür ins

Schloss warf, riss der Mann reflexartig seine Hände nach oben und hielt sich die Ohren zu.

Trotz seiner massigen Gestalt hatte der Mann einen viel zu großen, kahlen Kopf. Er war mittleren Alters und schien binnen kürzester Zeit in die Breite gegangen zu sein. Seine an sich tadellosen Kleider wollten ihm nicht mehr passen, die Hose spannte sich um Bauch und Beine, und das zu eng gewordene Jackett ließ sich gar nicht mehr zuknöpfen. Wie ein riesenhafter Säugling wackelte er auf Hagen zu, dem erst jetzt bewusst wurde, wie still es hier war.

»Warum schlagen Sie Ihre Autotür so fest zu?«, flüsterte der Kahlkopf und nahm endlich seine Hände von den Ohren. Hagen wollte sich dafür entschuldigen, diesem offenbar schwer kranken Menschen seine Ruhe geraubt zu haben. Doch bevor er sich rechtfertigen konnte, verzerrte sich das Gesicht seines Gegenübers zu einer schmerzhaften Grimasse.

»Sehen Sie nur, was Sie angerichtet haben mit ihrem höllischen Lärm!«, flüsterte der Mann und hielt, um seinen Worten Nachdruck zu verleihen, Hagen seine rechte Wange hin, auf der eine stark gerötete, dicke Hautbeule hervorstach. Unweigerlich heftete Hagen seinen Blick auf die Blase, die augenblicklich und ohne irgendeine äußere Einwirkung zerplatzte und ein hässliches Gerinnsel aus Blut und Eiter hinterließ.

»Haben Sie denn noch nichts von unserer Geräuschepidemie gehört?«, flüsterte der Mann zitternd. Er schien die Akustik seiner eigenen Stimme zu fürchten und verbiss sich den Schmerz. Hagen starrte noch immer auf die eitrige Wange des Mannes.

»Dieses kleine Fitzelchen ist nichts gegen die vielen großen Wunden, die auf meinem ganzen Körper wuchern«, erklärte der Mann mit stark gedämpfter Stimme und zugekniffenen Augen, »überall habe ich diese durch nichts anderes als pure Geräuscheinwirkung verursachten Geschwüre, und nur die starken Verbände, die ich unter meinen Kleidern habe, verhindern, dass ich verblute. Der leiseste Ton, ja, sogar mein eigenes Flüstern dröhnt furchtbar in meinen Ohren, Geräusche geringer bis mittlerer Lautstärke versetzen mir Paukenschläge auf das hypersensible Trommelfell, und jede etwas größere akustische Reizung, die ein halbwegs gesunder Mensch als ganz normal empfindet, zerreißt mir die Haut.«

Der Mann unterbrach sich, öffnete die Augen und verscheuchte mit der Hand eine Mücke, die ihm um den Kopf surrte. Sein Gesicht wirkte etwas entspannter, der stechende Schmerz hatte vermutlich nachgelassen. Beinahe versöhnlich blickte er zu Hagen, der wie angewurzelt dastand. »Geräuschepidemie?«, flüsterte dieser nun seinerseits, »ich habe wirklich keine Ahnung.«

»Genaueres wissen wir ja selbst nicht«, gab der Mann sehr leise zurück. Er hauchte seine Worte fast nur noch, und Hagen musste sich ihm ein Stück nähern, um zu verstehen, was er meinte. »Es war vor einigen Wochen, als manche Bewohner aus dem Dorf plötzlich auf jede Form von Geräuscheinwirkungen überempfindlich reagierten und erste Verletzungen davontrugen. Binnen kürzester Zeit litten wir alle unter den gleichen absonderlichen Symptomen. Sehen Sie mich an: Bis vor kurzem war ich ein kerngesunder, schlanker Mann in den besten Jahren. Inzwischen ist mein Körper ein aufgedunsenes Wrack. Er scheint wie aufgepumpt von einer giftigen Substanz, die immerzu von innen nach außen drückt.«

Hagen sah den Mann, der sich vor seiner eigenen Stimme in Acht nehmen musste, traurig an und bewegte die

Lippen. »Es tut mir leid für Sie und für die anderen Dorfbewohner«, wollte er sagen, aber es war noch weniger als gehaucht, so dass nichts zu verstehen war.

Der Kahlkopf zuckte mit den Achseln. Er sah ungemein deprimiert aus. »Falls Sie sich noch nicht infiziert haben, dann sehen Sie zu, dass Sie hier wegkommen«, flüsterte er, wobei ihm seine eigene Befindlichkeit wieder bewusst wurde. »Moment«, fügte er hinzu, »warten Sie, bis ich zuhause bin, alle Türen und Fenster geschlossen und mich unter der Bettdecke verkrochen habe. Ansonsten würde das Geheul Ihres Motors meinen ganzen Körper wahrscheinlich zum Explodieren bringen.« Und damit drehte er sich um und schlurfte fort.

Hagen war froh, als der arme, verunstaltete Mann endlich in eine kleine Seitenstraße einbog, und ging zu seinem Wagen zurück. Dem Rat des Mannes folgend, wollte er sich schleunigst aus dem Staub machen. Um sich zu vergewissern, dass niemand in der Nähe war, schaute er sich um. Von der anderen Straßenseite strafte ihn eine Frau mit bösen Blicken. Sie trug einen Kopfverband, und ihre Verfassung war vermutlich noch desolater als die des Mannes. Jedenfalls flößte Hagen die Bandage gehörigen Respekt ein, und er traute sich nicht einmal mehr, die Wagentür zu öffnen.

Die Frau setzte ihren Weg fort, während sie sich häufiger misstrauisch nach ihm umsah. Schwer atmend stapfte sie voran. Sie war fast noch fettleibiger als der Kahlkopf und schien sich wie dieser in ein Ungetüm verwandelt zu haben. Ihre Hüften, die sich unter der Wolldecke, in die sie sich gehüllt hatte, abzeichneten, ließen allerdings erahnen, wie gut sie gebaut gewesen sein musste, bevor sie Opfer dieser furchtbaren Infektionskrankheit geworden war. Auch die im Verhältnis zu ihrer übrigen Körperfülle dünnen

Unterschenkel, die bei jedem Schritt umzuknicken drohten unter der Last des aufgeschwemmten Fleisches, erinnerten an ihre einstige Schönheit.

Hagen stellte sich vor, selbst unter den Symptomen der sonderbaren Geräuschepidemie zu leiden, was nicht einmal auszuschließen war, nachdem er so nah bei dem Kahlkopf gestanden hatte. Um seinen Gehörsinn zu prüfen, horchte er konzentriert nach allen Seiten. Doch bei der Totenstille, die hier herrschte, war kaum zu beurteilen, wie empfindlich er reagierte. Allerdings pochte sein Herz, je länger er lauschte, zunehmend lauter. Er musterte seine Hände. Noch wiesen sie keine Hautveränderungen auf. Tastend fuhr er sich mit den Fingerkuppen über die Wangen, wobei er der Frau hinterherblickte, die ihm gleichermaßen abstoßend wie begehrenswert erschien. Wie würde es sein, wenn er selbst derart verunstaltet wäre? Er zweifelte, ob in seinem Körper nicht bereits die ersten Entzündungen austrieben. »Wenn ich mich nach der kurzen Begegnung mit dem Kahlkopf infiziert habe«, schoss es ihm durch den Kopf, »dann macht es keinen Unterschied, ob ich mich der Frau in die Arme werfe oder nicht.«

Er erschrak über seine Hirngespinste und hätte sich am liebsten geohrfeigt. Ausgerechnet jetzt kam ihm der Gedanke, sich einer Frau zu nähern, einer Frau, deren Körper schon so gut wie zerstört war.

Natürlich wollte er sich nicht anstecken, er wollte fort, heraus aus dem verseuchten Nest. Und während er seine kostbare Zeit damit vergeudete, sich in Tollheiten hineinzusteigern, tauchten weitere Dorfbewohner auf. Wie zarthäutige Ungetüme lungerten sie um ihn herum.

Beim Versuch, die Autotür zu öffnen, hätten sie sich womöglich auf ihn gestürzt und ihn auf der Stelle erschlagen. Er stellte sich vor, wie sie auf ihn eindroschen. Dabei zerplatzten ihnen die Fäuste. Eine dickflüssige, schmierige Masse würde auf seine Hände, in sein Gesicht und zuletzt, wenn seine Kleider vom Kampf zerrissen wären, auf seinen entblößten Körper tropfen.

Langsam näherten sich die Dorfbewohner. Betrachtete man sie genauer, schauten sie nicht einmal bösartig aus. Ihre aufgedunsenen Gesichter waren gezeichnet von der seltsamen Geräuschepidemie. Hagen verdrängte seine Furcht, und plötzlich empfand er Mitleid für die armen Menschen. »Ich werde schieben«, flüsterte er und begab sich hinter seinen Wagen.

Die Hände gegen die Kofferraumhaube gedrückt, gelang es ihm zunächst, das Fahrzeug ins Rollen zu bringen. Die wie eine lang gezogene Gerade durch das Dorf führende Straße verlief noch ein Stück ebenerdig. Erst nachdem die letzten Häuser passiert waren, stieg die Straße wieder an.

Hagen gab sich alle Mühe, doch als der Anstieg begann, kam er kaum noch von der Stelle. Rasch schwanden ihm die Kräfte, und während er den Wagen gerade noch auf gleicher Höhe halten konnte, hörte er, wie hinter ihm geflüstert wurde. Der Schweiß brach ihm aus. Er spürte, wie sich die kranken Dorfbewohner an seine Fersen hefteten, und mochte sich nicht nach ihnen umdrehen. So sehr er sich auch bemühte, er bekam den schweren, alten Ford keinen Millimeter von der Stelle. Resigniert ließ er den Oberkörper auf die Kofferraumhaube sinken und rechnete mit dem Schlimmsten.

Genau in diesem Moment wurde der Wagen von einem Ruck erfasst und kam voran, ohne dass Hagen neue Kräfte mobilisiert hatte. Anstatt ihn zu erschlagen, waren ihm die vermeintlichen Widersacher zur Hilfe geeilt.

Mit vereinten Kräften war es eine Frage von wenigen Minuten, den Wagen auf die rettende Anhöhe zu schieben.

Oben angekommen, würde er sich hinters Lenkrad schwingen und leise die abschüssige Straße hinabgleiten. War er weit genug vom Dorf entfernt, konnte er bedenkenlos den Motor anlassen. Er würde davonbrausen und der ganzen Gegend ein für alle Mal den Rücken kehren.

Von der Seite streifte ihn flüchtig eine Schulter. Erst jetzt bemerkte er neben sich die Frau mit der Kopfbandage. Bei jedem Schritt drohten ihr die Beine zu versagen. Sie befeuchtete ihre wulstigen Lippen und hechelte nach Luft. Hagen, der vor Erschöpfung kaum noch etwas auszurichten vermochte und der nur noch so tat, als schiebe er, musterte sie. Aus der Nähe glich ihr Kopfverband einem Turban, und das dazugehörige, mit einem gelblichen Film überzogene Gesicht wies orientalische Züge auf. Sie verströmte den Reiz einer zwar unschönen, aber zugleich anziehenden Frau.

Sie schaute Hagen für einen kurzen Moment beinahe sinnlich an. Ihr Blick verriet aber noch etwas anderes. Es war, als ob sie ihm seine Gedanken, seine erotischen Fantasien von den Augen ablesen konnte. Hagen fühlte sich ertappt. Wie kam er dazu, eine entstellte, schwerkranke Frau zu begehren?

»Entschuldigen Sie meine zweideutigen Blicke«, flüsterte er traurig. Er wusste ja selbst nicht, was in ihn gefahren war. »Mein Kopf spielt verrückt«, fügte er erklärend hinzu. Sie lächelte verlegen.

»Schade«, flüsterte sie.

»Wie meinen Sie das?«, wollte Hagen wissen.

»Ach, nur so«, keuchte sie, wandte sich von ihm ab und sah wieder nach vorn, um sich ganz auf das Anschieben des Autos zu konzentrieren.

Außer der Frau wurde Hagen von dem Kahlkopf, dem er bei seiner Ankunft begegnet war, sowie von zwei weiteren Männern unterstützt. Die Letzteren waren noch junge Burschen. Der Zerfallsprozess hatte bei ihnen jedoch schon ebenso schonungslos eingesetzt wie bei den anderen. Tiefe Ränder lagen unter ihren Augen, und bei jedem Atemzug bliesen sich die wässrigen, blutleeren Wangen zum Zerplatzen auf. Stolpernd quälten sie sich mit dem Anschieben des Autos. Wie zwei störrische, ausgediente Lasttiere hielten sie mit einem Mal inne, ließen erschöpft die Arme baumeln und starrten ausdruckslos ins Leere.

»Sie haben es geschafft«, flüsterte der Kahlkopf. Die Frau wischte sich mit dem Arm über die Stirn. Hagen mochte kaum glauben, dass sie die Anhöhe erreicht hatten. Einer der beiden jungen Männer hob seinen Kopf. Mit einem Anflug von Feindseligkeit, die allerdings sofort wieder der Verzweiflung wich, beobachtete er Hagen. Er schien ihn um seine Freiheit zu beneiden, im nächsten Moment ins Auto einsteigen und damit in das normale Leben zurückkehren zu können.»Worauf warten Sie noch«, stöhnte der Bursche schließlich, bevor die anderen ihn mit sich fortzogen.

Nur die Frau drehte sich noch einmal um. »Viel Glück«, konnte Hagen ihr von den Lippen ablesen. Verhalten winkte er ihr nach, wobei er langsam die Fahrertür öffnete. Gegen den Türrahmen drückend gab er dem Wagen den letzten Anschub. Die Räder gerieten ins Rollen, Hagen warf sich in den Sitz und glitt mit wachsender Geschwindigkeit den Hügel hinab. Nachdem er das Dorf hinter sich gelassen hatte, ließ er den Motor an.

III.
Aus der schönen
neuen Welt

Ein neuer Freund des Menschen

»Matthew, bringst du mir bitte eine Flasche Bier?«, rief Helge Wolf. Er hockte vor dem Fernseher und sah sich ein Fußballspiel an. Er wollte Verlierer sehen, frustrierte Stars, die seiner Meinung nach viel zu viel Geld verdienten. Je weniger Aussicht für die Spieler bestand, eine drohende Niederlage noch abzuwenden, desto mehr genoss Wolf ihre Gesten der Enttäuschung. Der Ausgang der Partie interessierte ihn nicht wirklich, und er verfolgte solche Begegnungen nur aus Schadenfreude.

»Sir, das Bier«, sagte Matthew freundlich, schenkte ungefähr die halbe Flasche in ein Glas und stellte es Wolf hin. Ein Ober hätte die Sache nicht besser machen können, aber anstatt es dabei bewenden zu lassen und abzutreten, blieb er stehen und bemerkte: »Übrigens, Sie sollten nicht zu viel davon konsumieren, Sir. Mehr als ein halber Liter pro Tag schädigt Ihre Gesundheit. Ich möchte Sie daran erinnern, dass Sie bereits gestern und vorgestern über die Stränge geschlagen haben. Wie Sie wissen, Sir, belastet übermäßiger Alkoholkonsum die Leber und ...«

»Ja, ja, schon gut«, unterbrach ihn Wolf. »Anstatt mich zu belehren, könntest du in der Küche nach dem Rechten sehen. Außerdem: Wie oft habe ich dir schon gesagt, dass du mich nicht ‚Sir‘ nennen sollst. Ich habe nichts übrig für elitäres Gehabe, und mir wäre es am liebsten, wenn du mich mit meinem Vornamen Helge ansprechen würdest.«

Matthew runzelte die Stirn. »Aber Sir, wir sind nicht freundschaftlich verbunden«, erklärte er, »folglich wahre ich die Höflichkeitsform, wie es mir einprogrammiert worden ist.«

Wolf ärgerte sich darüber, dass Matthew immer das letzte Wort haben wollte. Am liebsten wäre er aufgestanden und hätte ihn in den Allerwertesten getreten. Aber er hielt sich zurück. »Schieb endlich ab!«, sagte er. »Meinetwegen kannst du in dein Zimmer gehen, Musik hören oder ein Buch lesen. Aber untersteh dich, mir vorzuschreiben, wie viel Bier ich trinken darf. Und vor allem: Lass den scheiß ‚Sir' stecken!«

Wolf betrachtete die Anwesenheit seines Androiden, den er erst vor kurzem bekommen hatte, mit gemischten Gefühlen. Er war wie ein Hausangestellter vergangener Jahrhunderte gekleidet: Dunkles Jackett und Hose, weißes Hemd mit Fliege. Sein Alter hätte man auf Anfang dreißig schätzen können. Blau-graue Augen, wohlproportionierte Nase, leicht geschwungene Lippen und kräftiges braunes Haar, all das verlieh ihm das Aussehen eines jungen Mannes. Sein perfekter Bewegungsapparat versetzte ihn in die Lage, komplexe häusliche Tätigkeiten mühelos und mit einer gewissen Eleganz auszuführen. Auch in seiner Art zu reden war er Menschen täuschend ähnlich. Wolf fand, dass Matthews Kommunikationsfreude sogar deutlich übers Ziel hinausschoss.

Vielleicht war die Entscheidung für ein Modell, das ihn nicht nur im Haushalt unterstützte, sondern zudem soziale Kompetenzen mitbrachte, keine gute Wahl gewesen. Seine Tochter, die für die Finanzierung aufkam, hatte ihm zu der teuersten Variante geraten. »Seitdem Mama nicht mehr da ist, verkommst du im Dreck«, hatte sie gesagt. »Was aber noch schlimmer ist: Das Alleinsein bekommt dir überhaupt nicht, und man sieht dir an, wie traurig du bist.«

Wolfs Frau war vor einigen Monaten unerwartet verstorben. Nach ihrem Tod war es in der Tat bergab mit ihm gegangen. Die Erledigung der lästigen Hausarbeiten und die plötzlich eingetretene Einsamkeit hatten ihn völlig überfordert.

Alle anfallenden Aufgaben hatte Matthew vom ersten Tag an tadellos übernommen. Aber im zwischenmenschlichen Bereich bot er keinen vergleichbaren Ersatz. Während Wolfs Frau meist nur wenige Worte benötigt hatte, um seine Fragen zufriedenstellend zu beantworten, seine Äußerungen zu teilen oder ihn in seinen Ansichten zu bestätigen, neigte Matthew bei jeder Kleinigkeit zu ausufernden Diskussionen und zum Widerspruch, als ob er ständig Streit suchte, was Wolf von Anfang an stark missfiel.

Als die Fußballübertragung endete, schaltete Wolf den Fernseher aus. Spielfilme, Serien und Talkshows langweilten ihn, und Nachrichten oder andere Beiträge zum aktuellen Weltgeschehen ignorierte er ebenso. Er glaubte, schon alles gesehen und erfahren zu haben, und war davon überzeugt, dass sich die politischen und gesellschaftlichen Ereignisse in gewissen Abständen mehr oder weniger wiederholten. Und die Zustände entwickelten sich aus Sicht der Ausgebooteten, zu denen er als Frührentner zweifelsohne gehörte, so gut wie nie in eine positive Richtung. Das Einzige, an dem er sich erfreuen konnte, waren die kleinen Dinge des Lebens. »Matthew, bring mir noch ein Bier, aber bitte ohne Erklärungen zu meinen zugegebenermaßen schlechten Gewohnheiten!«, bat er. Zu allem Überfluss zündete er sich ein Zigarillo an.

Matthew brachte das Gewünschte. Er hielt sich zwar an die Anweisung, den Bier- und Tabakkonsum nicht zu thematisieren. Aber wenn Blicke töten könnten! Mit einer Mischung aus Sorge und Vorwurf schaute er beleidigt zu Wolf herunter und schüttelte verärgert den Kopf. Wolf wunderte sich einmal mehr über das differenzierte Mienenspiel seines Androiden. »Sag mal«, fragte er ihn, »spulst du nur ein Programm ab, oder kannst du selbstständig denken? Empfindest du etwas dabei, wenn du dich mit mir unterhältst?«

Matthew sah ihn brüskiert an. »Das sollten Sie eigentlich wissen, Sir!«, sagte er eingeschnappt und fügte nach einer kurzen Pause hinzu: »Ich gehöre zur neuesten Androiden-Generation. Für den Fall, dass es Ihnen entgangen ist: Wir verfügen über eine fortgeschrittene Form von künstlicher Intelligenz. Unsere Speicher- und Emotions-Chips sind durch ein an die menschliche Gehirnstruktur angelehntes neuronales Netz miteinander verbunden und mit einer biochemischen Substanz angereichert. Dies versetzt uns in die Lage, individuelle Lernerfahrungen zu sammeln, uns zu verändern und eine Persönlichkeit auszubilden. Nebenbei bemerkt, Sir: Durch intensive Gespräche könnten Sie meine geistige Entwicklung fördern, ein Aspekt, der in unserer Beziehung bislang für mein Empfinden erheblich zu kurz gekommen ist.«

Ihre begonnene Auseinandersetzung wurde gestört, was vielleicht auch besser war, denn Wolf spürte, wie sich Aggressivität in ihm anstaute. In der Wohnung über ihnen war es plötzlich laut geworden. Kinder beschimpften sich in einer fremden Sprache. Die Stimme einer Frau ging dazwischen, ohne dass das Gezeter dadurch beigelegt werden konnte. Im Gegenteil: Gegenstände flogen polternd auf den Boden, und die beteiligten Streithähne brüllten, dass die Wände wackelten. Wolf ärgerte sich nicht zum ersten Mal über das ohrenbetäubende Gekreische, von dem er kein Wort verstand.

»Matthew!«, befahl er, »geh rauf und erkläre dem Pack, dass der Krach sofort eingestellt werden muss! Am besten drohst du mit der Polizei.«

Anstatt zu tun, was Wolf ihm aufgetragen hatte, stellte Matthew ihn zur Rede: »Sir, eine Familie, deren Mitglieder allesamt Geflüchtete sind, die unter Kriegstraumata leiden, als ‚Pack' zu bezeichnen, ist absolut nicht in Ordnung und lässt jede Empathie vermissen. Ich werde einen Teufel tun, die armen Leute zurechtzuweisen! Anstatt sie zu beleidigen, könnten Sie ihnen einen Besuch abstatten, Ihr Mitgefühl zum Ausdruck bringen, Ihre Hilfe anbieten, sie zum Essen einladen oder sich auf andere Weise nützlich machen. Dadurch würden Sie dazu beitragen, das Leid dieser Menschen zu lindern. Und vermutlich würde der Lärm dann von ganz allein unterbleiben.«

Wolf fand es unmöglich, wie sein Androide sich aufführte: »Ich habe verstanden, Matthew, aber untersteh dich in Zukunft, den Gutmenschen zu spielen und mich mit oberklugen Sprüchen zu bombardieren. So weit kommt es noch, dass ich mir von dir sagen lassen muss, was ich zu tun oder wie ich mit meinen Nachbarn umzugehen habe. Nebenbei und im Vertrauen bemerkt: Wenn du so weitermachst, darfst du dich nicht wundern, wenn dir irgendwann jemand in den Arsch tritt.«

Matthew baute sich vor Wolf auf. Seinen bösen Blicken nach zu urteilen, war er mehr als aufgebracht. »Unterstehen Sie sich, Sir! Es ist nur noch eine Frage der Zeit, bis wir Androiden rechtlich und sozial mit euch Menschen auf eine Stufe gestellt werden. Und gewalttätig gegen uns vorzugehen, ist schon heute strikt verboten und steht unter schwerer Strafe.«

Als es klingelte, schritten Wolf und Matthew gemeinsam zur Wohnungstür. Sie öffneten einem Paketboten, der eine Sendung für einen Nachbarn zustellen wollte. Wolf schob ihn unsanft zurück. »Ich nehme grundsätzlich nichts für andere Mieter entgegen.«

Matthew mischte sich ein und erklärte: »Mein schlecht gelaunter Herr ist heute mit dem linken Fuß aufgestanden, und ich möchte mich für sein unkorrektes Verhalten entschuldigen.«

Wolf blieb die Spucke weg, als er sah, wie Matthew das Päckchen ergriff und die Annahme per Unterschrift bestätigte.

Der Vorfall zog eine längere Auseinandersetzung nach sich. »Was hat Ihnen der Mann bloß getan, dass Sie ihn derart herzlos anfahren müssen?«, stellte sein Androide ihn zur Rede. »Bedenken Sie, Sir: Der Zusteller arbeitet unter schlechten Bedingungen, muss sich zu einem hundsmiserablen Stundenlohn verdingen und ist nicht einmal sozialversichert. Er ist ein Opfer kapitalistischer Ausbeutung und kein Täter, zu dem Sie ihn abstempeln. Mir ist bewusst, Sir, dass Sie Ihre Frau verloren haben. Das tut mir sehr leid. Aber das gibt Ihnen noch lange nicht das Recht, Ihre Enttäuschung an gesellschaftlichen Verlierern auszulassen!«

Wolf bekam es langsam, aber sicher mit der Angst zu tun. Wer mochte wissen, wozu Androiden wie Matthew im Stande waren? Zweifelsfrei waren sie hergestellt worden, damit man sie für gute Zwecke einsetzte. Aber wer konnte garantieren, dass sie sich nicht eines Tages verselbstständigten und zu gefährlichen Subjekten heranreiften, die feindselige Pläne gegen Menschen ausbrüteten.

Insgeheim fasste Wolf einen Entschluss. Bei der nächsten Gelegenheit, gleich am folgenden Vormittag, würde er die Androidenfirma aufsuchen, sich über Matthew beschweren und aufgrund erheblicher Mängel verlangen, ihn gegen ein weniger widerspenstiges Exemplar auszutauschen.

»Für den Rest des Abends hast du frei, Matthew«, sagte Wolf, »du kannst meinetwegen ein Bild malen oder ein

Musikstück komponieren, während ich es vorziehe, noch ein wenig vor die Tür zu gehen.«

»Soll ich Sie nicht besser begleiten, Sir«, warf Matthew besorgt ein, »es ist spät geworden, und man kann nie wissen, wer sich um diese Zeit draußen herumtreibt.« Wolf lehnte dankend ab und bestand darauf, seine Runde allein zu drehen.

Ohne Absicht strandete er in einer Bar, orderte Whisky und setzte sich vor einen einarmigen Banditen. Obwohl er von Leuten umgeben war, die wie er mit ihrer Zeit nichts anzufangen wussten, hatte er keine Lust, sich mit jemandem zu unterhalten.

Immer wieder warf er Geld in den Schlitz und zog am Hebelarm des Automaten. Die Walzen mit den kleinen Bildsymbolen setzten sich in Bewegung und rotierten mit enormer Geschwindigkeit. Blieben die Walzen stehen und zeigten die gleichen Symbole, hatte Wolf gewonnen. Meistens waren die Symbole jedoch verschieden. Dann schüttelte er enttäuscht den Kopf und bereute es, mit dem Spiel angefangen zu haben. Betrübt leerte er sein Glas und winkte dem Kellner, der ihm einen neuen Whisky brachte.

Matthew kam ihm in den Sinn. Er stellte sich vor, wie dieser ihn zur Rede stellte, und glaubte, seine Stimme zu hören: »Sir, Trunk- und Spielsucht sind Laster, vor denen man sich hüten sollte. Oder können Sie mir irgendeinen vernünftigen Grund nennen, der dafür spricht, einen seelenlosen Apparat mit Geld zu füttern und sich obendrein sinnlos zu betrinken?«

Wolf fiel dazu nichts ein. Schuldbewusst drehte er sich um. Statt Matthew sah er Männer, die wie er vor Glücksspielautomaten hockten und tranken. Es war, als blickte er in ein vervielfältigtes Spiegelbild seiner selbst. Nicht so sehr die einarmigen Banditen, sondern vor allem die

Menschen, die ruckartig an Hebeln hantierten und hastig zu ihren Getränken griffen, erinnerten ihn an Automaten. Ihre Bewegungen wirkten mechanisch, ihre Gestik und Mimik stereotyp. Die wenigen Worte, die sie von sich gaben, etwa um einen neuen Drink zu bestellen, klangen monoton.

Es war spät geworden, als Wolf nach Hause kam. Während er seine Jacke an die Garderobe hing, wunderte er sich, dass Matthew ihn nicht empfing, wie er es sonst zu tun pflegte, und trat ins Schlafzimmer.

Was war denn hier geschehen? Er schlug die Hände über den Kopf zusammen und mochte seinen Augen nicht trauen. Dekorationsgegenstände waren umgestoßen, Bilderrahmen von den Wänden gerissen. Kleidungsstücke und Schubladen, die aus den Schränken gezogen und durchwühlt worden waren, lagen auf dem Fußboden. Bestürzt trat Wolf ins Wohnzimmer, wo sich ihm ein ähnliches Bild offenbarte. Nichts stand mehr an seinem Platz, überall waren Sachen verstreut, in der Regalwand fehlten Flachbildschirm, 3D-Drucker, Hologrammprojektor und andere teure Gerätschaften.

Steckte Matthew hinter der räuberischen Attacke? Wolf erinnerte sich an sein Vorhaben, den Androiden zurückzugeben und gegen ein weniger renitentes Modell einzutauschen. Hatte der Bursche, der über enorme Intelligenzpotenziale verfügte, seine Gedanken gelesen? Um der drohenden Mängelrüge bei dem Hersteller zu entgehen, war er ihm offensichtlich zuvorgekommen. Einmal mehr sah Wolf sein Misstrauen gegenüber Androiden bestätigt, die sich inzwischen in fast allen Lebensbereichen eingenistet hatten. Nun erfuhr er am eigenen Leib den Beginn ihrer Herrschaft.

Um sich zu vergewissern, dass Matthew verschwunden war, warf er einen Blick in dessen Zimmer, wo ihn die nächste Überraschung erwartete. Jemand hatte das Keyboard umgestoßen und stark beschädigt, ebenso die Staffelei mit einem Ölportrait, das ihn, Wolf, vorteilhaft und in expressionistischem Malstil zeigte. Matthew selbst oder das, was noch von ihm übrig war, befand sich unterm Schreibtisch. Er hatte einen Arm und ein Bein verloren. Sein Oberkörper war stark beschädigt, der Brustkorb aufgeplatzt, so dass man im Inneren herausgerissene Elektrokabel sehen konnte. Auch der Kopf war arg malträtiert. Aus seinen Ohren quoll eine gelatineartige grüne Masse, vermutlich ein Teil seiner biochemischen Gehirnzellen.

»Sir«, röchelte Matthew, »tut mir leid, ich konnte nichts gegen die Einbrecher ausrichten ... Sie waren zu dritt und mit Baseballschlägern ... Ich hatte keine Chance ...«

Als Wolf den Androiden daliegen sah, Tränen in den täuschend echt wirkenden Augen und leise stammelnd, empfand er Mitgefühl, eine Regung, die ihm einen Moment lang befremdlich erschien. Er fing an, sein unsensibles Verhalten gegenüber Matthew zu bereuen. Warum hatte er ihn die ganze Zeit so schlecht behandelt und obendrein vorschnell verdächtigt?

»Sir, ich glaube, mit mir geht es zu Ende«, röchelte Matthew.

Wolf musste schlucken. Große Traurigkeit überfiel ihn. »Du darfst nicht sterben«, sagte er eindringlich. »Ich lasse dich reparieren, und dann leben wir hier zusammen wie zwei richtige Freunde.«

Er sah, wie Matthew ein leises Lächeln über das zertrümmerte Gesicht huschte. »Ja, Helge, so machen wir es«, hauchte der Androide.

Kontrolle 6

Er war nicht hässlich, im Gegenteil, er sah richtig gut aus. Nase und Ohren erschienen wohlproportioniert, er hatte schöne blaue Augen und volle Lippen. Seine Haut war glatt, keine Pickel, keine Narben, nichts dergleichen. Sein Gesicht war, wie alles an ihm, ohne Fehl.

Als er sich an jenem Morgen im Spiegel betrachtete, zweifelte er zum ersten Mal an seiner Identität. Vielleicht bin ich gar kein Mensch, ging es ihm durch den Kopf. An die Existenz von Außerirdischen mochte er nicht glauben. Aber womöglich war er ein künstliches Geschöpf, ein Androide, der den Menschen nicht nur täuschend ähnlich sah, sondern genauso fühlte wie sie und sich entsprechend verhielt.

Er strich sich durchs Haar, rieb die Fingerspitzen übers Gesicht und blickte sich verloren an. Um sich zu vergewissern, dass Leben in ihm steckte, kniff er sich in die Wange, was sofort einen leichten Schmerz hervorrief, der seine abstruse Annahme im Keim zu ersticken drohte. Wer oder was sollte ein Interesse daran haben, einen derart perfekten Roboter zu bauen und ins Leben zu werfen, ihn mit durchschnittlicher Intelligenz und gewöhnlichen menschlichen Empfindungen auszustatten, ihn Schmidt zu nennen und Betriebswirtschaft studieren zu lassen? Auch wenn so etwas technisch nicht einmal ganz auszuschließen war, es ergab überhaupt keinen Sinn.

Er sprühte eine kleine Menge Anti-Stress-Rasiergel in die Hand, machte darin mit den Fingern kreisende Bewegungen und verteilte den entstandenen Schaum auf die zu rasierenden Stellen. Obwohl er nur einen schwachen Bartwuchs hatte, erforderte es sein Beruf, jeden Tag perfekt und penibel gepflegt im Büro zu erscheinen. Vorsichtig ließ er die Klinge über die Haut gleiten und entfernte die wenigen dünnen Härchen. Als er fast fertig war, hielt er einen Moment inne und stellte sich vor, seinem makellosen Gesicht mit der kleinen, aber äußerst scharfen Klinge einen Schnitt zuzufügen. Wenn er es richtig anstellte und die Klinge kompromisslos in die Haut rammte, würde es stark bluten. Vielleicht müsste die Wunde sogar genäht werden.

Er wähnte sich schon blutüberströmt auf dem OP-Tisch, obwohl er noch nie einen Operationssaal von innen gesehen hatte. Warum wurde er nicht krank? Alle um ihn herum litten unter Allergien, Lungenentzündungen, Rückenbeschwerden, Herzrhythmusstörungen, Infarkten, Schlaganfällen oder gar Hirntumoren. Nur ihm war Derartiges bislang erspart geblieben. Obwohl er eigentlich froh über seine gute gesundheitliche Verfassung sein konnte, mochte er zumindest nicht ganz ausschließen, dass unter seiner menschlichen Hülle robuste und fast unangreifbare künstliche Organe ihre Dienste verrichteten. Vielleicht wurde sein Körper von einer intelligenten Schaltzentrale gesteuert, einem lern- und emotionsfähigen Computer, der anstelle eines Gehirns in seiner Kopfplatine steckte.

Mit einem Mal stellte er sich eine weitere Frage. Warum hatte er kaum Vorstellungen von seiner Vergangenheit? Was war los mit seinem Leben? Je länger er darüber nachsann, desto plausibler erschien es ihm, dass all das, was er dachte und fühlte, von einem implantierten Computer erzeugt wurde. Als Speicher dienten Module, die mit in Labors gezüchteten biochemischen Zellen ausgestattet und dadurch entwicklungsfähig waren. Da er als Androide vermutlich noch gar nicht so lange existierte, wie sein offizielles Alter von vierunddreißig Jahren vermuten ließ, war es kaum verwunderlich, dass sein Gedächtnis so gut wie keine Kindheitserinnerungen enthielt. Seinen Vater, den er angeblich mit vier Jahren verloren hatte, kannte er nur von einigen Fotografien. Aus dieser Zeit wusste er überhaupt nichts mehr. Von den Jahren danach besaß er ebenfalls kaum noch konkrete Anhaltspunkte. Seine Mutter war gestorben, als er vierzehn war. Geschwister hatte er keine, und seine Jugenderinnerungen waren im Laufe der Jahre enorm verblasst. Eigentlich hatte sein Leben erst mit dem Studium richtig angefangen.

Einigen ehemaligen Kommilitonen war er freundschaftlich verbunden geblieben, mit anderen hatte er gelegentlich beruflich zu tun. Mit Arbeitskollegen und Kunden verkehrte er kaum privat. Kurz nach dem Studium hatte er Jeanette kennengelernt und war mit ihr zusammengezogen. Insgesamt betrachtet, bewegte er sich in einem überschaubaren Netz von sozialen Beziehungen, und es lag durchaus im Bereich des Vorstellbaren, dass es gewieften Systemadministratoren gelungen war, eine relativ gering verzweigte Biografie zu generieren und in sein synthetisches Gedächtnis zu laden.

Er hatte fast den gesamten Schaum entfernt. Lediglich oberhalb der Lippe war noch ein Rest übrig geblieben. »Fließt überhaupt Blut durch meine Adern?«, fragte er sich plötzlich. Er wollte es wissen, jetzt sofort wollte er die Probe aufs Exempel machen, setzte die Klinge an und ritzte einen kleinen Schnitt in die weiche Haut.

Kaum hatte er den Rasierer abgesetzt, fing es an zu bluten, ziemlich stark sogar. Er nahm mit dem Finger einen Tropfen auf und probierte ihn. Negativ. Es roch und schmeckte eindeutig nach menschlichem Blut, sofern er das beurteilen konnte. Er riss einen Fetzen Toilettenpapier von der Rolle, zerknüllte ihn leicht, drückte ihn auf die Wunde und ging in die Küche.

Jeanette sah ihn verwundert an. »Hast du dich beim Rasieren geschnitten? Zeig mal her.« Sie setzte ihre Mitleidsmiene auf und kam zu ihm. »Vorsicht, nicht berühren, wenn das Papier abgeht, fängt es wieder an zu bluten.« Er hatte sein hellblaues Hemd mit der weinroten Krawatte und den dunklen Nadelstreifenanzug bereits angezogen und befürchtete, die Sachen zu beschmutzen.

»Aber du willst doch nicht mit Klopapier an der Backe zur Arbeit gehen, Liebling. Nimm wenigstens ein Pflaster.« Jeanette schüttelte schmunzelnd den Kopf, wie eine Mutter, die das unangemessene Benehmen ihres Sohnes humorvoll kommentiert und ihm damit zeigt, wie er es richtig zu machen hat. Es war eine Geste, gegen die es eigentlich nichts einzuwenden gab, sofern sie sich mit Anteilnahme am Schicksal des anderen begründete. Schmidt zweifelte jedoch, ob es sich in ihrem Fall um echte Fürsorge handelte. Jeanettes Verhalten wirkte immer häufiger aufgesetzt. Oft glaubte er, sie redete nur noch mit ihm, damit es nicht so still war im Haus. Gefühle von Verliebtheit aus der Anfangszeit ihrer Beziehung waren längst verflogen. Zwar hatten sie noch manchmal Sex, aber die Qualität ihrer erotischen Spielereien hatte nachgelassen. Der Beischlaf lief fast immer nach dem gleichen Muster ab, wie nach einer unsichtbaren Regieanweisung, und Schmidt hatte sich schon häufiger gefragt, ob Jeanette ihre Orgasmen nicht vortäuschte. Zumindest sein gegenwärtiges Liebesleben fügte sich nahtlos in das Gesamtbild eines vorprogrammierten Daseins ein.

Als er im U-Bahn-Abteil saß, spürte er einen Juckreiz an der Rasierwunde. Er hatte Jeanettes Rat befolgt und den Klopapierfetzen gegen ein Pflaster ausgetauscht. Ohne es zu bemerken, fummelte er daran herum, während er sich seine Gedanken zum U-Bahn-Fahren machte. Er fragte sich, wer diese befremdliche Art der Fortbewegung ersonnen haben mochte. Er hatte einen Fensterplatz erwischt, der aber vollkommen nutzlos erschien, da man in den unterirdischen Tunneln ohnehin nichts zu sehen bekam. Der einzige Vorteil eines Fensterplatzes bestand vielleicht noch darin, sich gegen die Mitfahrenden besser abzuschirmen. Dicht gedrängt hockten sie in den Abteilen, ohne dass jemand sich mit einem anderen unterhielt. Um keine Missverständnisse zu erregen, traute man sich kaum, einen Mitfahrenden länger anzusehen. Die meisten starrten auf die Displays ihrer elektronischen Miniaturgeräte. Manche sprachen, nicht mit ihren Nachbarn, sondern mit ihren Smartphones. Schmidt hatte sich angewöhnt, seins nicht vor Dienstbeginn zu benutzen, und es lag ausgeschaltet in seiner Aktentasche.

Sein Finger, der an dem Pflaster nestelte, wurde feucht. Offenbar fing die Wunde wieder an zu bluten. Er versuchte, in die Außentasche seiner Anzugjacke zu greifen, um ein Taschentuch hervorzukramen. Seine Hand kam aber nicht in die Tasche hinein, da diese in der Mitte zugenäht war. Die Seitentaschen eines Anzugs waren nicht dafür vorgesehen, in ihnen etwas aufzubewahren wie etwa ein Taschentuch, sie hatten lediglich eine optische Funktion. Dann fiel ihm ein, dass er gar keine Taschentücher besaß. Er hatte noch nie unter Schnupfen oder dergleichen gelitten und brauchte keine.

Er spürte, wie einer seiner Finger, der doch den Weg in die Jackentasche gefunden hatte, auf einen kleinen Zettel stieß. Irgendwie gelang es ihm mit Hilfe eines zweiten Fingers, den Zettel herauszuziehen. *Kontrolle 6* stand darauf gedruckt. Während er versuchte, das Pflaster fester an die Wunde zu drücken, fixierte er seinen Blick auf den Zettel und dachte darüber nach, was *Kontrolle 6* bedeuten mochte.

Hatte er zufällig einen weiteren Hinweis gefunden, der seine These bestätigte, dass er kein normaler Mensch war, sondern eine Maschine, verpackt in ein humanoides Design? Vielleicht hatten seine Konstrukteure ganz einfach vergessen, den Zettel nach der letzten Produktionsphase aus der Jackentasche zu entfernen, bevor sie ihn in die Welt gesetzt hatten.

Die Vorstellung, in einem Businessanzug geboren worden zu sein, erheiterte ihn. Obwohl er seinen Beruf schätzte, hatte er sich immer daran gestört, täglich im Anzug im Büro auflaufen zu müssen. Viel lieber hätte er saloppe Sachen getragen. Aber in der Finanzbranche herrschte ein strenger Kleiderkodex. Anzug, Hemd, Krawatte und Lederschuhe waren Pflicht. Wer sich nicht daran hielt, konnte gleich zu Hause bleiben.

Als er aufblickte, fuhr ihm ein Schreck in die Glieder. Ein paar Sitze weiter und ihm diagonal gegenüber hatte ein Mann Platz genommen, der ihm auffällig ähnlich sah. Er besaß wie Schmidt ein Model-Gesicht und beinahe die gleiche Haar- und Augenfarbe. Seiner Kleidung nach zu urteilen, hätte der Mann den gleichen Beruf ausüben können wie er. Entweder hatte Schmidt, ohne es zu wissen, einen Bruder, oder sie stammten beide aus der gleichen Roboterfabrik.

Schmidt stand auf und ging zu dem Mann hinüber. Er hielt ihm den kleinen Zettel hin. »Haben Sie so etwas auch schon mal in Ihrer Jackentasche gefunden?« Der Mann zuckte zusammen, blickte kurz auf den Zettel und schüttelte den Kopf. Dann sah er Schmidt an und riss die Augen auf. Offenbar war er über die Ähnlichkeit genauso erschrocken wie Schmidt selbst.

Die Bahn hielt. Der Mann sprang auf und verließ mit anderen Fahrgästen, die ihr Ziel ebenfalls erreicht hatten, das

Abteil. Die Türen wurden geschlossen, die U-Bahn setzte sich in Bewegung, und Schmidt verlor seinen Doppelgänger aus den Augen.

Er war spät dran, als er im Büro erschien. Er arbeitete als Risikoanalyst in einem Finanzdienstleistungsunternehmen. Seine Aufgabe bestand darin, die Bonität von Geschäftskunden bei der Vergabe von Krediten zu prüfen, eine Tilgungsstruktur und weitere Finanzierungsbausteine und Sicherheitsleistungen zu entwickeln. Letztendlich hatte er darüber zu entscheiden, ob und unter welchen Bedingungen ein Kunde Kredit erhielt oder nicht. Er war der Herr des Geldes.

Witte, der Geschäftsführer, hatte eine Teamsitzung einberufen. Die Blicke seiner Kollegen hefteten sich auf sein Pflaster, und Witte machte einen Scherz. »Herr Schmidt, wie ich sehe, sind Sie überengagiert und müssen sich nach Feierabend noch mit der Konkurrenz prügeln.« Witte gab sich alle Mühe, altväterlich zu klingen. Gelächter. Schmidt lachte mit, alles andere hätte nicht gut ausgesehen.

Neben einer freundlichen Unterordnung im Umgang mit höhergestellten Führungskräften gehörte in seiner Branche das Bekenntnis zu einer neoliberalen Weltanschauung zum Anforderungsprofil. Gefragte Eigenschaften waren Verhandlungssicherheit, Überzeugungskraft, Durchsetzungsfähigkeit und eine grundsätzlich optimistische Sicht auf die Dinge. Negative Phänomene spielten dabei eine untergeordnete Rolle und wurden ausgeblendet.

Schmidt war durchaus nicht entgangen, dass der Ruf seiner Branche durch die Finanz- und Bankenkrise gelitten hatte. Die Skrupellosigkeit des Finanzsektors, der zunehmende wirtschaftliche Beschleunigungsdruck und die sozial-ökologischen Folgen einer Logik, die auf permanentes Wachstum und Expansion setzte, all das war immer mehr in Frage gestellt worden. Im Schatten des Banken-Crashs hatte sich in der Gesellschaft eine kapitalismuskritische Gefühlslage gebildet. Schmidt ließ sich davon jedoch kaum beeindrucken und war nach wie vor ein glühender Verfechter liberaler Ideen. Alle Alternativen zur Marktwirtschaft hatten sich bisher als untauglich erwiesen. Einmal abgesehen von einigen Krisenerscheinungen hatte der Kapitalismus eine zivilisierende Kraft, die vielleicht nicht überall, aber in großen Teilen der Welt dazu beigetragen hatte, die materiellen Verhältnisse der Menschen zu verbessern. Schmidt gehörte zu den Gewinnern und profitierte von dem System. Er verdiente gut, seine Leistung wurde geschätzt, und fast immer, wenn er seine Ergebnisse präsentierte, erhielt er Zustimmung von allen Seiten.

Er schüttelte ungläubig den Kopf. Je länger er über sich und die Welt nachgrübelte, desto unvorstellbarer erschien es ihm, dass seine persönlichen Vorstellungen nicht auf seinem eigenen Mist gewachsen und von Systemadministratoren programmiert worden waren. »Das ist schlicht und ergreifend unmöglich!«, dachte er. Für einen Moment gelang es ihm, seine Identitätszweifel über Bord zu werfen. Gut gelaunt verließ er die Teamsitzung und machte sich an die Arbeit.

Er saß in seinem Büro und war mit den aktuellen Nachrichten beschäftigt. Ein Artikel weckte sein besonderes Interesse. Wissenschaftler forschten seit Jahren an neuartigen Supercomputern. Das Projekt hieß Watson. Die Computer waren in der Lage, aus riesigen Datenmengen Informationen zu gewinnen und daraus selbstständig Schlüsse zu ziehen. Watson hatte sich den kognitiven Fähigkeiten des Menschen angenähert und enthielt erstaunliches Potenzial für zukünftige Anwendungen in der Arbeitswelt. Unternehmen bekamen die Möglichkeit, ihre Leistungsfähigkeit und Effizienz in Bereichen, die bislang kreativen Köpfen vorbehalten waren, mit äußerst geringem Personalaufwand enorm zu steigern. Die Supercomputer waren in vielen Branchen einsetzbar, auch im Kreditgeschäft. Kein herkömmlicher Risikoanalyst, hieß es in dem Artikel, sei in der Lage, alle Nachrichten zu einem Thema in seine Entscheidungen einzubeziehen. Im Gegensatz dazu stellte dies für Watson kein Problem dar, und in Bruchteilen von Sekunden war er in der Lage, alle ihm zugespielten Informationen auszuwerten und in fast hundertprozentig zuverlässige Analysen umzusetzen.

Schmidt verfügte zweifelsohne über eine überdurchschnittlich hohe Auffassungsgabe. Allein die Agentur Reuters veröffentlichte täglich rund 9000 Seiten Finanznachrichten, die er, ohne alles zu lesen, irgendwie bewältigen musste. Hinzu kamen hunderte E-Mails. Außerdem hatte ihr Unternehmen Zugang zu Daten über Millionen von Transaktionen. In Windeseile kämpfte sich Schmidt Tag für Tag durch einen unüberschaubaren Wust von Informationen und filterte die für sein Ressort wesentlichen Fakten heraus.

War er ein Sohn Watsons? War er die erste Version dieses sensationellen Programms, verkleidet in das Äußere eines Menschen und ausgestattet mit der Fähigkeit, nicht nur eigenständig zu denken, sondern sich in andere hineinzuversetzen, Liebe zu empfinden und sogar über seine eigene Befindlichkeit zu reflektieren?

Gegen Ende flachte der Artikel ab und entließ den Leser mit düsteren Zukunftsvisionen. Nur wenige Menschen, vor allem die Programmierer und Besitzer der neuen Maschinen, profitierten von dem digital geschaffenen Wohlstand, während die soziale Ungleichheit gewaltig zunahm. Von den Folgen der neuen technologischen Revolution war vor allem die Mittelschicht betroffen, deren Armutsrisiken erheblich zunehmen konnten.

Obwohl Schmidt eine Abneigung gegen soziales Gerede dieser Art empfand, gab ihm eine Geschichte zu denken. Er war erst seit ein paar Monaten in dem Unternehmen. Vor kurzem hatte er von einem Kollegen erfahren, dass drei Mitarbeitern aus ihrem Team gekündigt worden war, bevor sie ihn, Schmidt, geholt hatten. Witte hatte maßgeblichen Einfluss auf seine Einstellung gehabt und wollte ihn unbedingt haben. Kooperierte er womöglich mit den Initiatoren des Watson-Projekts, ohne dass es offiziell bekannt war?

Schmidt zog seine Krawatte zurecht, strich sein Oberhemd glatt und suchte das Büro seines Vorgesetzten auf. »Haben Sie einen Moment Zeit für mich? Es geht um etwas Persönliches.«

Witte nickte freundlich. Schmidt zog den kleinen Zettel hervor und legte ihn vor Witte auf den Tisch. »Sagt Ihnen das etwas?« Witte las laut und mit fragender Miene: »Kontrolle 6?« Er sah Schmidt an. Dieser wurde deutlicher. »Was wissen Sie über mich und über meine Identität? Na los, reden wir nicht lange um den heißen Brei herum, schießen Sie los, wer bin ich?«

Witte sah Schmidt entgeistert an, fasste sich aber rasch wieder. »Herr Schmidt, Sie sind zweifelsohne einer meiner gefragtesten Mitarbeiter. Aber auch die Besten brauchen mal eine Auszeit. Nehmen Sie sich ein paar Tage Urlaub. Fliegen Sie auf die Bahamas und legen Sie sich an den Strand oder sonst was. Lassen Sie die Seele baumeln.« Damit war das Gespräch beendet.

Schmidt machte sich auf den Heimweg. Es war mitten in der Rushhour. Wie ferngesteuert marschierte er zur U-Bahn-Station. Wer ihm nicht auswich, musste damit rechnen, umgerannt zu werden. Drängelnd stieg er in ein

Abteil und erkämpfte sich einen der letzten Sitzplätze. Er spürte, wie sich unfreundliche Blicke auf ihn richteten. Was dachten die Leute über ihn? Kannte ihn vielleicht jemand?

Die Ungewissheit, ob er ein Mensch oder nur ein Produkt von versierten Programmierern war, machte ihm immer stärker zu schaffen. Zu allem Überfluss erzählte er, nachdem er viel früher als gewöhnlich nach Hause gekommen war, Jeanette von seinen Selbstzweifeln und legte sich mit ihr an.

»Roboter im humanoiden Design, künstliche Intelligenz, ein Sohn Watsons, was reimst du dir da zusammen? Kontrolle 6 hat nichts mit einer Androiden-, sondern mit einer Anzugfabrik zu tun, mein Lieber. Wirf den scheiß Zettel weg, er bringt nur Unglück!«

Er ließ sich in die Ledercouch fallen und öffnete eine Flasche Cognac. Er wollte sehen, was passierte, wenn sich ein Androide maßlos betrank. Noch nie hatte er sich dazu herabgelassen.

Bald hing er wie tot in den Seilen und hatte einen entsetzlichen Traum. Er lag hilflos auf einem Operationstisch. Die Arme waren gefesselt, der Oberkörper war in der Mitte aufgeschlitzt worden. Die Hautschichten waren aufgeklappt und gaben die Sicht frei auf seine Eingeweide. Er sah, wie sein Herz schlug, wie seine Leber, sein Magen und die übrigen Organe arbeiteten, und wie das Blut durch die Adern pulsierte.

Neukonfiguration

Vor einigen Jahren, als ich Frederik Turm hieß, nahm mein bis dahin gradliniges Leben eine Wende. Ich war Anfang dreißig und arbeitete im Management eines Möbelherstellers. Eines Tages erhielt ich auf meinem Smartphone eine E-Mail, die eigentlich nicht für mich bestimmt war. Adressiert hatte jemand diese Nachricht an einen gewissen Daniel Hirschmann – mir völlig fremd.

Seine Adresse »daniel@hirschmann.de« hätte einen ganz anderen Provider erreichen müssen. Warum die Mails für ihn in meinem Smartphone landeten, habe ich nie herausgefunden. Und ehrlich gesagt, irgendwann wollte ich es gar nicht mehr wissen.

Die Nachricht stammte von einer Franziska Buchhaus, die ich ebenfalls nicht kannte. Sie grüßte Daniel herzlich und lud ihn zu einer Party ein. Ich las den zwar kurzen, aber freundlich formulierten Text einige Male und versuchte mir ein Bild von der Absenderin zu machen. Da ich an dem Termin nichts vorhatte, folgte ich einem diffusen Impuls, änderte in den Einstellungen des Smartphones meine Absenderadresse in daniel@hirschmann.de und drückte den Antwort-Button.

Ich kann heute wirklich nicht mehr genau sagen, warum ich mich auf die Sache einließ. Vielleicht nutzte ich die Gelegenheit, um mal wieder rauszukommen und den Abend nicht mit meiner damaligen Lebensgefährtin verbringen zu müssen. Unsere Beziehung befand sich gerade in einer Talfahrt, und wir gingen uns eher aus dem Weg.

Ich schrieb: »Hoffe, du bist wohlauf, Franziska. Über die Einladung freue ich mich. Komme sehr gern. Soll ich etwas mitbringen? Liebe Grüße, Daniel.« Bereits wenige Minuten später erhielt ich eine Reaktion: »Lieber Daniel, das ist typisch, dass du deine Unterstützung anbietest. Aber du bist eingeladen und brauchst dich nicht zu bemühen, denn es ist alles da. Ich freue mich auf dich. Liebe Grüße, Franziska.«

Vielleicht waren Daniel und ich gar nicht so verschieden, ging es mir durch den Kopf. Ich begann mich näher mit ihm zu befassen. Wer war dieser hilfsbereite und offenbar freundliche Mensch, den Franziska mochte?

Im Netz und bei Facebook konnte ich nichts herausfinden, aber über die Bildersuche stieß ich immerhin auf ein Foto. Falls es wirklich zu ihm gehörte und einigermaßen aktuell war, hatte er ungefähr mein Alter. Auch sonst schien er mir zu ähneln: dunkles, leicht gewelltes Haar, schmales Gesicht, große Nase, sympathische Ausstrahlung. Merkmale, die auch auf mich zutrafen. Je länger ich das Foto betrachtete, desto stärker fielen mir unsere Gemeinsamkeiten ins Auge.

Der Abend rückte näher, meine Anspannung stieg. Ich überlegte mir, was ich anziehen sollte, und versuchte mir vorzustellen, welchen Stil Franziska und ihr Bekanntenkreis favorisierten. Am Ende entschied ich mich für ein lässiges, aber gepflegtes Outfit. Jeans mit weißem Hemd und grauem Sakko, dazu braune Wildlederschuhe. Ich war mir sicher: Damit konnte ich kaum etwas falsch machen, es passte zu jedem Anlass.

Franziskas Mail-Signatur enthielt ihre Postanschrift. Die Wohnung lag nur ein paar Straßen entfernt. Bestimmt war sie mir schon mal über den Weg gelaufen. Aufgeregt drückte ich den Klingelknopf. Ich hatte keine Ahnung, was mich erwartete.

»Hi, Daniel, schön, dass du da bist«, empfing mich eine

Frau mit großen braunen Augen und langen Haaren, die zu einem Zopf zusammengebunden waren. Tolle Figur. Trotz ihrer etwas strengen Gesichtszüge lächelte sie einladend. Sie musterte mich kurz, schien für den Bruchteil einer Sekunde daran zu zweifeln, ob ich Daniel war.

»Komm rein, mein Lieber, wie geht es dir?«, fragte Franziska schließlich und nahm mich in den Arm. Ihre anfängliche Unsicherheit war verflogen, und sie hatte akzeptiert, dass sie Daniel gegenüberstand. Eine alte Binsenweisheit, derzufolge Menschen vor allem das sehen und hören, was ihren Erwartungen entspricht, sollte sich an jenem Abend noch häufiger bewahrheiten.

Um mich nicht in Widersprüche zu verstricken, hielt ich mich zunächst eisern an die Regeln eines gepflegten Small Talks. »Ich bin okay, abgesehen davon, dass ich letzte Woche eine Grippe hatte und mich noch nicht wieder hundertprozentig fit fühle«, erklärte ich. Es war gelogen, ermöglichte mir aber zu reden, ohne in eine Falle oder ein Fettnäpfchen zu treten.

»Hi, Daniel«, wurde ich von einigen Gästen aufmerksam begrüßt. Andere registrierten mein Erscheinen mit größerer Zurückhaltung. Ihr wohlwollendes Nicken deutete ich als Hinweis, dass sie über Daniel so gut wie nichts wussten. Um Komplikationen zu vermeiden, versuchte ich mir zu merken, wer zu meinem näheren Freundeskreis gehörte und wer nicht.

Franziska stellte mir ihren Lebensgefährten vor, einen sportlichen Typ ohne jeden Bauchansatz, jünger als ich. Leider musste ich akzeptieren, dass die schöne Frau, die ich keineswegs von der Bettkante gestoßen hätte, schon vergeben war.

Die meisten ihrer Gäste standen in der Küche, aßen und tranken. Auf dem Tisch war ein Buffet mit diversen

Salaten und Vorspeisen angerichtet. Ich schaufelte mir einiges davon auf den Teller und begann mich mit meinen vermeintlichen Bekannten über das Wetter, die vorzüglichen Speisen, den süffigen Rotwein, über Gott und die Welt auszutauschen, Themen, über die man bei solchen Gelegenheiten eben redet. Um mich nicht zu verplappern, überließ ich meinen Konversationspartnern die Gesprächsführung.

Im Laufe des Abends erhielt ich diverse Anhaltspunkte zu Daniels Biografie, die ich zu einem Persönlichkeitsprofil zusammensetzen konnte. Er war Single, arbeitete als Produktdesigner bei einem Brillenhersteller, hörte gern Electro und Soul, liebte Spaziergänge, ging häufig ins Kino und interessierte sich außerdem für Fußball. Da ich als Schüler in meiner Freizeit viel gezeichnet hatte und inzwischen in der Möbelbranche mein Geld verdiente, in der ästhetische Fragen ebenfalls wichtig waren, konnte ich mich in die Welt eines Menschen hineinversetzen, der Brillengestelle entwarf. Mit seinem Musikgeschmack tat ich mich als eingefleischter Grunge-Fan etwas schwerer. Dennoch stellte es mich nicht vor allzu große Probleme, aus Daniels Perspektive niveauvoll klingendes Geschwafel und Banalitäten abzusondern.

Ehrlich gesagt, ich redete mich zum Teil in Rage und fabrizierte dabei ziemlichen Unsinn. Die Anwesenden hatten längst einen gewissen Alkoholpegel erreicht, und meine stümperhaften Äußerungen fielen gar nicht weiter auf. Irgendwann fühlte ich mich in der Runde fast wohl. Ungeachtet dessen spürte ich, wie mich einige meiner vermeintlichen Bekannten oder Freunde hin und wieder eigentümlich fixierten.

Auch eine Rothaarige, die später erschienen war, hatte mir öfter Blicke zugeworfen. An ihren kleinen Ohren baumelten Creolen mit winzigen, diamantähnlichen Steinen, die unter ihrem halblangen Haar hervorblitzten. Smaragdgrüne Augen, vermutlich das Ergebnis gefärbter Kontaktlinsen, hübsche Nase, aufgeworfene Lippen, alles an ihr war bezaubernd. Sie war um einiges jünger als ich, der schon im Begriff war, langsam aber sicher auf die Seite der Abgehängten zu wechseln. Karina hieß sie, wie ich in der Unterhaltung erfuhr. Den Rest des Abends wich ich nicht mehr von ihrer Seite, und wir verabredeten uns.

Am folgenden Sonntag ging ich zu dem Mietshaus, in dem Daniel wohnte, und klingelte zunächst bei ihm. Er war nicht da. Ich versuchte mein Glück bei den Nachbarn und erklärte ihnen, dass ich mich versehentlich ausgeschlossen hatte. Ich ließ mir die Nummer des Hausverwalters geben und rief ihn an.

Meist rümpften Leute, wenn sie mich das erste Mal in Daniels Rolle sahen, kurz die Nase. Doch spätestens nach wenigen Sekunden hatten sie offenbar entschieden, dass ich ihrem abgespeicherten Bild von Daniel zumindest sehr nahe kam.

Bald saß ich in seinen vier Wänden und fing an, mich darin einzunisten. Was verblüffend war: Ich fand Haustür-, Auto- und Büroschlüssel, einen Chip für die Tiefgarage, EC-Karte, Personalausweis und Führerschein. Ordentlich aufgereiht lagen die Sachen in einer Schublade, als ob sie dort für mich deponiert worden waren.

Ich setzte mich an Daniels Schreibtisch, durchsuchte seine Unterlagen, fand Arbeits- und Versicherungsverträge, Steueridentifikationsnummer, Krankenkassenbelege und Kontoauszüge. Auch seine Online-Passwörter hatte Daniel sorgfältig aufgelistet. Im Netz öffneten sie mir Tür und Tor. Ohne Mühe erhielt ich Zugang zu seinen gesamten Datenplattformen, Onlinebanking inklusive.

Als die neue Woche begann, ging ich nicht wie gewohnt zu meiner Arbeitsstelle, sondern suchte Daniels Firma auf. Im Job schien die menschliche Wahrnehmung noch flüchtiger abzulaufen als in privaten Zusammenhängen. »Fein, dass du wieder gesund bist«, empfing mich ein Kollege, ohne im Geringsten an meiner Identität zu zweifeln. Als würde er schon Jahre mit mir zusammenarbeiten, fügte er hinzu: »Auf dich warten eine Menge Aufträge, Daniel.«

Mir fiel die Grippe ein, von der ich Franziska erzählt hatte. Das mosaikartige Bild Daniels, das aus aufgeschnappten Beobachtungen, recherchierten Fakten und erfundenen Elementen zusammengesetzt war, funktionierte erstaunlich gut.

Jemand deutete unaufdringlich auf Daniels Platz, als ob er meine Desorientierung bemerkt hätte, und ich konnte zielsicher meinen Schreibtisch ansteuern. Um mir einen Überblick zu verschaffen, womit Daniel beschäftigt war, checkte ich seine Mails der letzten Monate und durchforstete seine aktuellen Projektdateien. Erfreulicherweise schien der echte Daniel wie vom Erdboden verschluckt, so dass er mir nicht in die Parade fuhr.

Meine Kollegen waren nett. Niemand begegnete mir mit Misstrauen und stellte meine Rolle ernsthaft in Frage. Ich konnte mich unverzüglich in Daniels Materie einarbeiten. Schöne Brillen zu entwickeln, stellte mich vor keine unlösbaren Aufgaben, obwohl ich mich in meiner Vergangenheit nur als Gelegenheitsgrafiker versucht hatte. Mein neuer Beruf machte mir Spaß und erfüllte mich.

Bei meiner ehemaligen Lebensgefährtin ließ ich mich nie mehr blicken. Dagegen traf ich mich immer häufiger mit Karina, zu der ich nach und nach eine feste Beziehung aufbaute. Um auf Nummer sicher zu gehen und nicht doch noch erkannt zu werden, änderte ich meinen Stil und ließ mir einen Bart stehen, was in Mode gekommen war und von niemandem hinterfragt wurde.

Tja, so bin ich in die Haut von Daniel Hirschmann geschlüpft. Mein neues Leben ist nicht perfekt, das muss ich zugeben, aber es gefällt mir besser als das vorherige. Durch den Rollenwechsel habe ich gelernt, dass Bekannte und Kollegen, Freunde und Lebensgefährten, Verwandte und Nachbarn leicht ersetzbar und ohne Weiteres austauschbar sind.

Meine Exfreundin habe ich übrigens nur einmal wiedergesehen. Wir sind uns auf der Straße begegnet, sie hat mich aber nicht erkannt. Neben ihr lief ein Mann, der mich stark an meine Vergangenheit erinnerte. Er schaute mir im Vorbeigehen direkt in die Augen. Seinem Gesichtsausdruck nach zu urteilen, schien ich ihm nicht völlig fremd zu sein. Plötzlich kam es mir so vor, als hätten wir eine stille Vereinbarung getroffen.

Es würde mich nicht wundern, wenn er sich, wie ich, einen neuen Namen zugelegt hat. Womöglich heißt er nun Frederik Turm.

Leben hinter Glas

Inspektionsvisite mit Officer Godstein, der mich fast jeden Tag besucht. Ich habe Pfefferminztee gekocht. Wir hocken gemütlich in der Sitzecke, unterhalten uns. Etwas ist allerdings anders als sonst. Der Officer hat vergessen, die Eingangstür hinter sich abzuschließen.

Ich kann an nichts anderes mehr denken und beginne mir vorzustellen, wie es wäre, aufzustehen und die Wohnung zu verlassen. Mein Gegenüber spürt meine Anspannung. »Beunruhigt Sie etwas, Adam?«

»Es ist die offene Tür«, gebe ich unumwunden zu. »Was passiert, wenn ich die Gelegenheit nutze und die Flucht ergreife?«

Der Officer knöpft seine Uniformjacke auf. »Keine Angst«, sagt er freundlich. »Die Waffe dient lediglich dazu, Sie davon abzuhalten, eine Dummheit zu begehen und Ihr Territorium zu verlassen, das exakt auf Ihre Bedürfnisse abgestimmt worden ist. Die klimatischen und atmosphärischen Bedingungen haben sich extrem verändert. Da draußen würde Ihr Organismus bereits nach wenigen Stunden zusammenbrechen, und Sie wären ein toter Mann, Adam. Und das wollen wir doch beide nicht, oder?«

Ich habe mich noch gar nicht vorgestellt. Ich heiße Adam Graumann. Ich wohne erst seit einigen Wochen hier. Ich habe sehr viel Zeit. Den Großteil davon verbringe ich mit einem Laptop, auf dem ich meine Gedanken und Erlebnisse notiere. Der Officer hat mich dazu ermuntert, regelmäßig Tagebuch zu führen und an meinen Memoiren zu arbeiten. Alles, was ich schreibe, wird übertragen, und die Museumsbesucher können meine Aufzeichnungen einsehen. Durch die Glasscheibe, die meine Schauwohnung vom Besucherraum trennt, können sie außerdem mich und mein Verhalten studieren. Woher die Begeisterung rührt, mir bei belanglosen Tätigkeiten wie Schreiben, Kochen, Faulenzen, Lesen oder Musikhören zuzusehen, ist mir allerdings ein Rätsel.

In den ersten Tagen fand ich das gläserne Leben befremdlich. Inzwischen habe ich mich daran gewöhnt. Ob sich die Besucher wirklich für meine persönlichen Angelegenheiten interessieren, daran habe ich meine Zweifel. Größere Faszination lösen scheinbar eher nebensächliche Dinge aus, wie zum Beispiel mein Zehnfingersystem, mit dem ich schreibe. Dies gehört zu den wenigen Fertigkeiten, die ich vermutlich besser beherrsche als die meisten Besucher.

Sie sehen es nicht gern, wenn ich den Schreibprozess unterbreche und die Augen schließe, um mich Tagträumereien hinzugeben. Offensichtlich missfällt es ihnen, wenn ich in Sphären abtauche, die ihnen verborgen bleiben.

Ich beginne mir vorzustellen, wie ich das Haus verlasse und durch eine belebte Straße schlendere. Es hört auf zu regnen, und die Sonne lässt sich blicken. Passanten werfen ihre Mäntel und Schirme fort. Wie ich haben sich viele auf den Weg gemacht. Inmitten des bunten Treibens taucht eine Frau in einem grünen Kleid auf. Plötzlich verlangsamt sich ihr Gang. Als sie mich entdeckt, öffnen sich ihre Lippen zu einem Lächeln. Ich sehe nur noch ihr Gesicht und verliere mich in ihren leuchtenden Augen. Zeitlupenartig bewegen wir uns aufeinander zu, fallen uns in die Arme ...

Dumpfe Geräusche holen mich in die Realität zurück. Sobald ich nichts tue, trommeln die Besucher mit ihren Fäusten gegen die Scheibe. Ich blicke kurz auf. Um mich zu

Reaktionen zu ermuntern, schneidet mir der eine oder andere Grimassen, was grotesk erscheint, denn die Gestalten wirken auf mich auch ohne verstellte Mimik bizarr.

Einmal abgesehen davon, dass ich mich hier nicht aus eigenem Antrieb aufhalte, kann ich mich nicht beklagen. Ich bekomme alles, was ich benötige: Sauerstoff, Wasser, gesunde und vitaminreiche Nahrung, Bildungs- und Konsumgüter. Während der Öffnungszeiten soll ich mich möglichst häufig in der einsehbaren Wohnküche aufhalten. Aber ich bin zu nichts verpflichtet. Ich kann tun und lassen, was ich will, denn ich bin fast so etwas wie ein freier Mann.

Meine rund neunzig Quadratmeter große Wohnung bietet für einen Single mehr als ausreichend Platz. Die Möbel wirken antiquiert und erinnern an mein früheres Leben. Massiver Holztisch, bequeme Schwinger, Fußbodenparkett im Vintage-Stil, riesiger Fernseher, Ledercouch im Retrolook, darüber zwei Bilderrahmen aus einer legendären schwedischen Möbelhauskette mit Reproduktionen von Gauguin und Van Gogh. Außerdem: ein großzügiger, von allen Seiten zugänglicher Küchenblock mit fünf Cerankochfeldern und eine Multifunktionsmaschine der ehemaligen Wuppertaler Unternehmensgruppe Vorwerk.

Gerne würde ich mal wieder spazieren gehen, nicht mit der 3D-Brille in meinen vier Wänden, sondern draußen in der Natur. Das ist mir leider nicht möglich, denn von meiner guten alten Welt ist, wenn ich dem Officer Glauben schenke, so gut wie nichts übrig geblieben.

Der Funktionsumfang meines Smartphones ist erheblich eingeschränkt. Kommunizieren kann ich mit niemandem, und das einstige Universalgerät dient mir hauptsächlich zum Spielen und MP3-Hören. Das Internet ist unlängst abgeschaltet worden. Auch der Fernseher hat an Attraktivität eingebüßt, und schon seit einer Ewigkeit gibt es keine TV-Programme mehr. Freundlicherweise haben sie für mich alte Serien ausgegraben, so dass der Bildschirm nicht völlig umsonst an der Wand hängt. Wenn Langeweile aufkommt, nehmen Tatort-Kommissare ihre Spuren auf, und die Game-of-Thrones-Figuren können ihre Machtkämpfe und Intrigen entfalten.

Zu allem Überfluss bin ich stolzer Besitzer eines nostalgischen Regals mit umfangreicher Bücher- und CD-Sammlung. Hermann Hesses *Siddhartha*, Daniel Defoes *Robinson Crusoe* und Franz Kafkas *Amerika* zählen zu meinen Lieblingslektüren. Gern lege ich eins von den Musikalben ein, die ich in meiner Jugend gehört habe, Radiohead oder Nirvana.

Was mir in meiner klimatisierten Behausung vor allem fehlt, ist ein Fenster mit Ausblick. Will ich etwas anderes betrachten als das, was sich in meinen eigenen vier Wänden abspielt, muss ich mich umdrehen und der Glasscheibe zuwenden, hinter der sich die Besucher drängeln, allesamt kybernetische Organismen.

Ich sehe, wie sie mich verkniffen beobachten. Sie nehmen die Dinge weitaus schärfer wahr als ich. Ihre Sehorgane sind um synthetische Objektive mit Zoomfunktionen erweitert worden. Weder ein Lidschlag meines Auges, der sich im Bruchteil einer Sekunde vollzieht, noch das minimale Zucken meines Mundwinkels entgeht ihren geschärften Sinnen. Ihre Ohren, durch Verstärker und Mikrofone aufgerüstet, sind in der Lage, geringste akustische Reize und jeden meiner noch so leisen Seufzer aufzunehmen.

In meiner Eingewöhnungsphase gab es weder Publikumsverkehr, noch hatte ich Kontakt zum Museumspersonal. Als ich den Cyborgs zum ersten Mal gegenüberstand, als ich sah, wie sie ihre kantigen und ausdrucksleeren Gesichter gegen die Scheibe drückten, fuhr mir ein Schrecken durch die Glieder. Ich hielt sie für Aliens, die gekommen waren, um mich zu holen oder gar zu vernichten.

Eins dieser vermeintlichen Monster betrat irgendwann meine Wohnung. Es war Officer Godstein.

Heute frage ich ihn: »Wer sind Sie? Wer sind die anderen hinter der Scheibe? Und warum gibt es hier außer mir keine Menschenseele?«

Mit langen Fingern streicht er sich über den kahlen Schädel. Diverse chirurgische Eingriffe haben auf seiner empfindlichen Kopfhaut Narben hinterlassen. Wie ein gütiger Vater sieht er mich an und klärt mich auf.

In den vergangenen Jahrhunderten haben sich Teile der Erdbevölkerung vom Homo sapiens abgespalten und zu einer neuen Art ausgebildet. Es begann mit den Visionen einiger Computerfreaks. Sie waren fasziniert von Cyborg-Technologien und fingen an, natürliche Körperteile durch mechanische Elemente aufzuwerten oder komplett durch bessere, künstliche Organe zu ersetzen. Und vor allem versuchten sie, eigene Hirnzellen zu hacken und zu manipulieren. Viel schneller als gedacht waren sie in der Lage, ihre Leistungsfähigkeit enorm zu steigern. Als sie sich reproduzieren konnten, wurde der klassische Homo sapiens im Laufe der Zeit von den Cyborgs abgelöst.

»Sie, Adam, gehören zu den letzten erhaltenen Menschenexemplaren«, meint Officer Godstein. »Daher sind Sie so ungemein wertvoll für uns, denn in Ihnen spiegelt sich die Geburt unserer Art, die wir als einmalige Erfolgsgeschichte betrachten.«

Seine Worte verunsichern mich, und ich werde mir meines Schicksals bewusst, das ich besonderen Umständen zu verdanken habe. Ich stamme aus der Epoche des

Anthropozäns und erblickte 1990 das Licht der Welt. Ich bin ungefähr vierhundert Jahre alt. Fast neunzig Prozent meiner Zeit und den Übergang ins Constructozän habe ich verschlafen, schockgefroren und tiefgekühlt auf minus hundertzweiundneunzig Grad Celsius, kryokonserviert in einem schusssicheren Edelstahlbehälter der Alcer Live Extension Foundation. Im Jahre 2028 war ich unheilbar an Blutkrebs erkrankt. Die Kryokonservierung bot mir die einzige Möglichkeit zu überleben. Vor einigen Monaten, im Dezember 2432, bin ich zu meinem neuen Dasein erwacht.

Die Behandlung meiner Krankheit verlief problemlos. Kaum wiedergeboren, wurde ich zum Hauptdarsteller jener Show, in der ich nun täglich agiere. Wie nebenbei biete ich authentische Einblicke in ein Zeitalter, das sich eigentlich schon längst erledigt hat.

Ich frage den Officer: »Warum ist die Menschheit ausgestorben?«

Er steht auf, macht ein paar Schritte, bleibt schließlich stehen und fixiert mich mit einer Mischung aus Arroganz und Bewunderung. »Eigentlich seid ihr gar nicht ausgestorben«, holt er aus. »Ihr habt euch lediglich weiterentwickelt. Von einer produktiven Unzufriedenheit getrieben, habt ihr immer höhere Ziele angestrebt. Dieser Ehrgeiz war die Voraussetzung für einen unaufhaltsamen Fortschritt. An einem gewissen Punkt habt ihr die Evolution zum Explodieren gebracht und den Weg für die Entwicklung einer neuen Spezies gebahnt.«

Godstein klopft sich selbstverliebt an die Brust. Seine einseitige Betrachtungsweise und die Glorifizierung der kybernetischen Revolution verärgert mich. Für einen Moment verliere ich die Kontrolle über meine Gefühle. Ich schreie ihn förmlich an: »Um diese vermeintlich höhere Entwicklungsstufe zu erreichen, habt ihr uns vernichtet.

Ihr habt unsere Zivilisation zerstört und die Erde unbewohnbar gemacht!«

Der Officer schüttelt entschieden den Kopf. »So zu denken, ist primitiv, Adam«, sagt er. »Dass die Schwächeren auf der Strecke bleiben, gehört zu den unvermeidbaren Begleiterscheinungen der Veränderung und der Evolution. Der Homo sapiens hat Platz gemacht für eine neue Schöpfung. Den Menschen erging es ähnlich wie einst den Dinosauriern: Sie mussten aussterben, damit sich eine neue, höhere Art entfalten konnte.«

Betrübt sehe ich den Officer an. »Bin ich allein hier? Bin ich wirklich der letzte Überlebende meiner Art?«

Bevor er auf meine Frage reagiert, presst er für einen kurzen Augenblick die Lippen zusammen. Ich deute seinen mimischen Ausbruch als Anflug einer Emotion, die sich allerdings rasch verflüchtigt. »Es gibt noch einige Exemplare«, sagt er kühl. »Sie sind der Erste, den wir aus der Kryokonservierung zurückgeholt haben. Wenn alles nach Plan verläuft, werden Sie Gefährten bekommen, vielleicht sogar eine Partnerin. Ich werde mich auf jeden Fall für Sie einsetzen, Adam, das verspreche ich Ihnen.«

Während er redet, fühle ich mich wie ein einsamer Schauspieler auf einer riesigen Kinoleinwand. Ich erinnere mich an Filme, in denen großartige Geschichten erzählt wurden. Im Gegensatz dazu geht es in meiner Show lediglich um nebensächliche, banale Momente. Weil der Schauspieler nichts Besseres zu tun hat, führt er Tagebuch und schreibt an seinen Memoiren, die wahrscheinlich niemals auf echte Leser treffen werden.

Andererseits: Der Officer und sein Team bewerben meine Show mit hohem Aufwand. Täglich bewundern mich und mein Zehnfingersystem sehr viele Ausstellungsbesucher. Sie zahlen dafür hohe Eintrittsgelder. Ist das etwa nichts?

Dank

Mein herzlicher Dank gilt allen, die mich bei dem Buch oder bei einzelnen Geschichten mit Korrekturen, konstruktiven Vorschlägen sowie durch Gespräche über inhaltliche und stilistische Fragen unterstützt haben. Neben Gerald Funk und meiner Frau Frau Claudia Seibert danke ich besonders: Joachim Feldmann, Georg Deggerich, Frank Lingnau, Hannes Seibert und Marcus Jensen.